Einaudi. Stile Libero]

GW00545602

© 2017 Giulio Einaudi editore s.p.a., Torino

www.einaudi.it

ISBN 978-88-06-23438-6

Michela Marzano
L'amore che mi resta

L'amore che mi resta

A Paola,
ma anche ad Arturo e Ferruccio.
E a Jacques, sempre.

Prologo

L'avevo detto, a tuo padre, che al telefono eri triste. Cioè, non proprio triste. Contratta, come rassegnata. Gliel'avevo detto, ma lui niente. Gliel'avevo ripetuto. Niente. A insistere che eri grande, che con la mia ansia esageravo.

«Non è grande!» avevo replicato. Poi avevo provato a pensare ad altro.

Erano le ventitre. Era venerdí.

Andrea continuava a rimproverarmi, avevi venticinque anni, eri una donna, non potevo starti sempre addosso. Ma io non riuscivo a non pensare a quella telefonata.

Forse ha ragione lui, mi ero detta a un certo punto. Dovevo smetterla. Provare a leggere, magari. Ecco, sí, leggere. C'era il romanzo che mi avevi regalato per il compleanno. Dalle pagine iniziali non si capiva nulla e, lo sai, quando non capisco mi vengono i nervi e non vado avanti.

Tu mi avevi detto di avere pazienza, a un certo punto il puzzle si sarebbe composto da solo. A me però i puzzle non sono mai piaciuti, Giada. Mi avevi spiegato che era di una scrittrice americana e che avresti voluto diventare come lei. Che la storia era triste, ma anche per questo il libro era cosí bello. È come la vita, avevi detto. Pieno di sfumature. Triste.

Erano le ventitre. Era venerdí.

L'aria era ancora tiepida nonostante fosse ottobre inoltrato. Ma a Roma è sempre cosí, ormai dopo tanti anni ci avevo fatto l'abitudine, solo tuo padre si ostinava a mettere cappotto e sciarpa – seta e cashmere, armatura a garza e motivo check, blu cadetto in tono col loden, sai, Giada, quella che ti piaceva tanto, comprata a Londra prima di correre al convegno, quanto pioveva quel giorno, aveva detto tuo padre, bella però, papà, proprio bella, avevi detto vedendogliela addosso. Ti ricordi le litigate che facevamo quando avevi quindici anni e la sera volevi uscire senza giacca? Mai una volta con la gonna. Sempre e solo pantaloni.

A proposito, c'è ancora l'orlo da fare a quelli neri, ma è tardi, mi ero detta, ci penso domani.

Erano le ventitre. Era venerdí.

Leggevo il libro che mi avevi regalato. Anche se all'inizio non si capiva niente. C'era la luce dell'alba e c'era l'oceano Pacifico. C'era qualcosa da contemplare e c'era l'evocazione di Dio. Quand'è che inizia la storia? Mi avevi chiesto di avere pazienza, di fare un piccolo sforzo. Ma ogni volta che ci provavo perdevo il filo ed ero costretta a ricominciare da capo. Mi avevi detto di non fermarmi alle prime pagine. Che scrittura strana, però. Come faccio ad andare avanti se nemmeno riesco a intuire di cosa si stia parlando?

Erano le ventitre. Tuo padre si era appena addormentato sul divano. Il telefono ha squillato. Chi può essere a quest'ora? Se è qualcuno che ha sbagliato numero mi sente, la gente dovrebbe stare piú attenta, è un caso che sia

ancora in piedi, in genere la sera crollo, non ce la faccio
piú a rimanere alzata fino a tardi, deve essere l'età, dopo
i cinquant'anni c'è il tracollo, lo dicono tutti, gli occhiali
da presbite, il cuscino lombare, la carenza di vitamine B2,
B3 e B5, tra l'altro stasera mi sono dimenticata di prendere il magnesio.
    – Daria?
    – Sí?
    – Sono al Santo Spirito. Giada è al pronto soccorso.
    – Paolo, che succede?
    – È meglio se vieni.

L'avevo detto, a tuo padre, che al telefono eri triste.
Cioè, non proprio triste. Contratta, come rassegnata.
Gliel'avevo detto, ma lui niente. Gliel'avevo ripetuto.
Niente. A insistere che eri grande, che con la mia ansia
esageravo.
«Non è grande!» avevo replicato. Poi avevo provato a
pensare ad altro. Avevo iniziato a leggere il libro. Finché
non era arrivata la telefonata.

Parte prima

Cos'è il ricordo se non uno spettro nascosto in un angolo della mente, [...] qualcosa che non abbiamo detto o che abbiamo ignorato?

AZAR NAFISI, *Le cose che non ho detto.*

1.

– Che facciamo? – dice Andrea con gli occhi stanchi. Cioè, non proprio stanchi, spaventati. Cioè, non proprio spaventati, bui.

– Che vuoi fare? Andiamo all'ospedale, – rispondo sbrigativa cercando la borsa, le chiavi, gli occhiali.

– E Giacomo? Che facciamo con lui?

– Per ora non lo chiamiamo.

– Ma...

– Fai quello che vuoi.

Non voglio discutere. Non è il momento. Spazzolino, mutande, camicia da notte, golfino. Butto tutto alla rinfusa in una sacca sbattendo l'anta dell'armadio. Le cose che hai lasciato a casa da noi sono sempre lí, le mutande e i calzini nel primo cassetto, le magliette nel secondo, i pigiami nell'ultimo, anche se sei andata via due anni fa, anche se vivi con Paolo, non è cambiato niente.

Va tutto bene, pulcina. La mamma sta arrivando. Tu però aspettami. Mi aspetti, vero?

– Sono pronto, – Andrea riappare e mi mette fretta. Poi si inceppa di nuovo. Lo sai, Giada, com'è fatto tuo padre. Se è agitato, non capisce piú nulla – ti ricordi che sveniva alla vista del sangue? Bastava una sbucciatura, e lui giú per terra. Ero sempre io a disinfettarti, quando eri bambina, a cercare i cerotti, ad asciugarti le lacrime. «Ora passa, tesoro. Ci pensa la mamma. Aggiusta tutto lei».

– Dov'è il Santo Spirito?

Andrea è nel pallone e non sa piú dove andare. Dice che non ricorda. Dice che non c'è mai stato. Quell'ospedale, tu l'hai sempre odiato. Ti ci hanno portato anni fa dopo l'incidente con lo scooter, ti eri rotta i legamenti del ginocchio, e dal pronto soccorso ti hanno spedito in Ortopedia per farti ingessare. «Un'assurdità, – dicevi sempre. – Mica si ingessa per un crociato!»

Anche stasera ti hanno portato lí, è l'ospedale piú vicino a casa tua, ci vogliono cinque minuti, ma non preoccuparti, telefoniamo a Carla, suo marito è primario, Giada, ti porto subito via.

– Quale lungotevere?

Andrea vuole per forza guidare lui.

– Sempre dritto fino al Tevere. La prima a destra, la seconda a sinistra, poi sempre dritto. Sempre dritto fino al Tevere. Poi a sinistra.

Il motore si ingolfa. Andrea si innervosisce. Io perdo la pazienza. Lui alza la voce.

Destra, sinistra, dritto. Trattengo il respiro.

– Dài, veloce! – Non c'è nessuno per strada, com'è possibile a quest'ora? Meglio cosí, speriamo duri fino all'arrivo, speriamo.

Via Vitelleschi. Piazza Pia. Il tuo viso davanti agli occhi.

– Attento, c'è una moto! – Ma come corrono, sono impazziti?

Lungotevere Vaticano. L'avevo detto, a tuo padre, che al telefono eri triste.

Lungotevere Sassia. Contratta, come rassegnata.

– Ci siamo!

Quando arrivo all'accettazione, supero tutti e passo davanti. Qualcuno mi dice che c'è la fila, che devo aspettare il mio turno, che solo in Italia capitano queste cose. Sento la voce di Paolo che mi chiama e mi volto in cerca di aiuto. Ha gli occhi gonfi. Non l'avevo mai visto cosí pallido.

– Dov'è Giada?

Paolo trema. Non riesce a dire nulla.

– Non posso aspettare.

I commenti della fila mi scivolano addosso.

– È mia figlia!

Il brusio cessa.

– Non posso, capite? – La voce si strozza.

– Signora, si calmi, la prego. Il cognome? Mi dia il nome e il cognome di sua figlia.

– Laurenti. Giada Laurenti. Giada. La mia bambina –.

Lo ripeto imbambolata, mentre l'infermiera solleva la cornetta del telefono e bisbiglia qualcosa. Poi butta giú.

– Cos'è successo?

Mi guarda.

– Dov'è Giada?

Mi chiede di seguirla.

– Sta bene, vero?

Lo dice.

La terra si spalanca sotto i piedi.

Lo dice.

Ed è uno schianto.

2.

Si certifica di aver constatato la morte della sig.ra Giada Laurenti, nata a Roma il 06-01-1986 e ivi residente in via Alcide de Gasperi 31, avvenuta alle 23,52 del 14-10-2011.

La dottoressa Pianna ci prega di seguirla nel suo studio, deve parlarci. È stata lei a firmare il documento: per venti minuti consecutivi l'elettrocardiogramma non ha registrato alcuna attività. Io non voglio muovermi, non voglio parlare con nessuno, voglio solo restarti accanto.

Questo è l'occhio bello, questo è suo fratello, questa è la chiesina, questa è la sorellina, questo è il campanello, din, don, din, don, Giada, rispondi! Che hai fatto? *Din, don, din, don,* la mamma non si muove, la mamma c'è sempre, lo sai, vero?

– Va bene, signora, resti pure con sua figlia, – dice la dottoressa. – Ci può raggiungere dopo –. Fa un cenno ad Andrea. – Si tratta di capire come andare avanti con la procedura giudiziaria, – spiega e s'incammina.

– No! – D'un tratto urlo. – Assolutamente no!

La dottoressa torna indietro, cerca di calmarmi. Mi indica una sedia. Riprende a parlare. Io la interrompo di continuo.

Sempre in piedi. Vigile.

Nessuno ti tocca, tesoro, te lo prometto, non ti faccio toccare da nessuno, tu però di' alla mamma cosa vuoi che faccia, dimmelo. *Questo è l'occhio bello, questo è suo fratello, questa è la chiesina, questa è la sorellina, questo è il campanello, din, don, din, don*, dove sono le tue risate? Il solletico dietro l'orecchio, il ditino in bocca, gli occhi pieni di stelle luccicanti. Ti ricordi, Giada, come ridevi felice? Perché non mi rispondi?

La dottoressa insiste che l'autopsia fa parte della procedura. Dice che la procura deve essere avvisata. Che il magistrato deve nominare un perito. Che il perito deve fissare una data. Che il pubblico ministero può richiedere indagini complementari. Dice che è l'unico modo per accertare che non ci siano responsabilità dolose o colpose. È la prassi, dice.
  – Dottoressa, no, la prego –. Alla fine mi siedo. – È già tutto chiaro, no? – Piango. – Anche lei è madre –. Supplico.
  – Ma cos'è successo?

È stato Paolo a portarti al pronto soccorso salendo con te sull'autoambulanza. Avevate litigato e lui era uscito a fare un giro, non piú di due ore, due ore e mezzo al massimo. Quando è rientrato, ti ha trovata stesa per terra, priva di sensi, livida in viso. Sul tavolo del soggiorno, un biglietto. Accanto, flaconi vuoti di Lexotan e Laroxyl. Ha chiamato il 118 e aspettato i soccorsi, sdraiato vicino a te, immobile.
  Perché avevate litigato?

  – Ha assunto una dose letale di ansiolitici e antidepressivi, – dice la dottoressa Pianna. – Un misto altamente tossico di benzodiazepine e amitriptilina che ha causato l'inibizione della sostanza reticolare e dei riflessi spinali.
  – Le avete fatto la lavanda gastrica?

– C'è stata una depressione del sistema limbico-ipota-
lamico e una crisi respiratoria, signora. Il cuore ha continuato a pompare per alcuni minuti, ma il sangue con-
teneva poco ossigeno, era insufficiente ad alimentare le
cellule cerebrali.
– E quindi?
– L'arresto cardiaco.

Inibizione dei riflessi spinali.
Depressione respiratoria.
Arresto cardiaco.
Ascolto senza capire. Una parola dopo l'altra.
Din, don, din, don, che hai fatto? *Din, don, din, don*,
stellina, perché?

– Ma non avete provato a rianimarla? Ci sono quei co-
si, i defibrillatori, come si chiamano? Quelle piastre che si
posano sul petto e il cuore riparte. Andrea, diglielo che il
cuore riparte!
– Associando ansiolitici e antidepressivi si è innesca-
ta una reazione a catena, – risponde la dottoressa Pianna.
– Non c'è stato niente da fare. Sua figlia è arrivata qui troppo tardi. Mi dispiace, signora. Abbiamo provato a rianimarla, abbiamo provato piú volte, ma non c'è stato verso.
– Perché aveva in casa quella roba? – Respiro a fatica.
– Questo non lo so, – dice la dottoressa. – Le indicazioni date dal compagno sui flaconi ritrovati in soggiorno
coincidono con i risultati degli esami. Ma noi dobbiamo
indagare, l'autopsia è obbligatoria.
– No! Vi prego.
– Ascolti, signora. Ho l'obbligo di segnalare il suicidio.
Lo prescrive la legge. Bisogna poter scartare ogni ipotesi di
istigazione o di aiuto da parte di terzi. Però c'è il biglietto

lasciato da sua figlia. Posso provare a vedere se in via del tutto eccezionale si può evitare l'autopsia. La procura, in ogni caso, deve essere avvisata.

– Che biglietto? – Mi asciugo le lacrime con le mani. La dottoressa mi porge dei fazzoletti, non li prendo. Andrea mi stringe il braccio, lo allontano. – Dov'è questo biglietto? Andrea, ce l'hai tu?

– Rientri a casa, signora. È molto tardi. Può tornare domani con piú calma. Cerchi di riposare, – conclude la dottoressa. Ora che ha detto tutto sembra sollevata, ora può avere pietà.

– Ma il biglietto? Andrea, di' qualcosa, ti prego!

– Vieni, Daria, torniamo a casa, – non dice altro, tuo padre, sono le prime parole che pronuncia, le mascelle serrate, i pugni stretti, gli occhi cerchiati di nero, stasera non parla, tuo padre, niente parole, niente, lui che con le parole è sempre stato bravo, dove sono andate a finire tutte le sue parole, inabissate anche loro, dimmelo tu, Giada, dove sono andate a finire le parole.

3.

Secondo Andrea, è stata Carla la prima ad arrivare a casa il giorno del tuo funerale.

Secondo Andrea, Carla ha detto «mi dispiace»; ha detto «ti voglio bene»; ha detto «prenditi tutto il tempo che vuoi»; ha detto «ci sono».

Secondo Andrea, sono rimasta in silenzio. Mentre Carla mi faceva una carezza.

Tu riesci a capirlo, Giada, che cosa cerca questa gente? La mia migliore amica ha detto: «Ti voglio bene». Quale bene? Ora che non ci sei piú, bene non ha senso, bene è volgare, bene è sepolto.

Perché non vanno via? Perché non mi lasciano tranquilla?

Secondo Andrea, Alessandra è venuta a buttarsi fra le mie braccia piangendo a dirotto.

Secondo Andrea, Alessandra ha detto «non ci posso credere»; ha detto «dovevamo vederci oggi, Giada e io». La tua migliore amica mi ha chiesto: «Che facciamo?»

Secondo Andrea, non ho risposto. Sono rimasta inerte.

Secondo Andrea, Paolo si è avvicinato subito dopo Alessandra.

Secondo Andrea, gli occhi di Paolo annegavano nel pianto, le lacrime gli colavano lungo le guance.

Secondo Andrea, non l'ho degnato nemmeno di uno

sguardo, mi sono voltata dall'altra parte, mentre Paolo sussurrava «scusa», sussurrava «sono disperato», sussurrava «forse è meglio che me ne vada».

Non volevo vederlo, Giada, non lo sopportavo. Il tuo fidanzato, che cosa ti aveva fatto? Che cosa era successo quella sera?

Secondo Andrea, mia madre è arrivata piú tardi.

Secondo Andrea, ha detto «devi essere forte»; ha detto «ora Giada è in un posto migliore»; ha detto «capisco come ti senti».

Secondo Andrea, me ne sono andata via sbattendo la porta. Mentre mia madre lo fissava, senza capire.

Specchio, specchio delle mie brame, chi è la piú bella del reame? Ma le matrigne sono tutte cattive come la nonna oppure c'è anche la fata turchina? Dov'è la fata, tesoro? Non ti preoccupare, Giada, non ti lascio sola con la nonna.

Secondo Andrea, sono rimasta chiusa a chiave nella tua stanza fino al momento di uscire per andare in chiesa. Rifiutando di aprire la porta anche a Giacomo.

Quando è venuto lui a cercarmi, gli ho detto «basta», gli ho detto «lasciami», gli ho detto «voglio morire anch'io». A tuo fratello. Gli ho detto che voglio morire.

Dov'è il coltello affilato che squarcia il velo dei ricordi, la bambina impaurita e il pozzo nero, la tua mano da stringere e il pianto caldo? Non piangere, Giada, la mamma è qui, accanto al tuo lettino, non si muove.

Secondo Andrea, dovevo smetterla. Vergognarmi per quello che dicevo e per come mi comportavo. Anche lui aveva perso una figlia, ma c'erano tante cose da fare. C'era il funerale. C'erano i telegrammi. C'erano le perso-

ne – e chissenefrega dei telegrammi e della gente, chissenefrega del funerale!

Ma c'era Giacomo.

– Come la metti con lui, Daria?

Secondo Andrea, anche Giacomo è distrutto, ha perso
sua sorella. Dobbiamo reagire insieme. Tu vorresti cosí.
Corri, Bambi, corri! Non voltarti, corri!, gridava la mamma. Ti ricordi la neve e le lacrime di Bambi, la corsa nella foresta e gli spari del cacciatore? Ti ricordi i pomeriggi d'estate passati a leggere le fiabe? I coni gelato che si
squagliavano al sole e le tue domande. «Perché la mamma di Bambi non torna piú? Come fa Bambi senza la sua
mamma?» L'ombra degli alberi di fico e gli acini d'uva, le
notti insonni e le zanzare, il cappello di paglia e le zolle di
terra. *Corri, Bambi, corri!* Scoppiavi a piangere di nuovo,
Giada, e io ti consolavo, e Bambi diventava grande, e la
mamma vegliava su di lui.

La morte di Giada.

Il suicidio di Giada.

Nessuna delle due frasi ha senso.

Niente ha piú senso.

4.

La finestra è aperta e l'aria è tiepida. È l'estate del 1983 e siamo nello studio di Laura, un'amica di tuo padre che si occupa di adozioni. Andrea è in jeans e Superga bianche – è la moda e persino lui ha finito col cedere, in fondo ha poco piú di trent'anni, in fondo sono comode, in fondo talvolta si può anche fare come gli altri, no? Io ho una camicia a pois, una grossa collana dorata, un paio di orecchini a cerchio – è la moda e anch'io, in fondo, sono solo una ragazzina. Ci hanno detto che la legge prevede un'indagine psicosociale, altrimenti il tribunale non firmerà il decreto di idoneità. Niente corsie preferenziali. Niente conosco una persona che conosce.

Può servire anche molto tempo, prima che l'adozione vada in porto. Cosí ci siamo decisi e, nonostante i miei tentennamenti, quel giovedí mattina ci ritroviamo in via del Mascherino.

– La norma è chiarissima, – dice Laura entrando nello studio: scrivania classica da ufficio, mogano o ciliegio, non ricordo bene, sí, forse è proprio mogano, abbinata a una poltrona anni Cinquanta in pelle verde, di pessimo gusto: sai, Giada, quel verde basilico, no, aspetta, piuttosto verde oliva, no, non esattamente, verde pistacchio, ecco, sí, verde pistacchio. «Meglio parlare con chi di queste cose se ne intende prima di fare pasticci», mi ha ripetuto in macchina Andrea per l'ennesima volta. Quasi un'ora a

cercare parcheggio. Per poi lasciare la Panda in divieto di
sosta, perché siamo in ritardo, capisci? Non possiamo mica farla aspettare.

– L'adozione è permessa a chi, sposato da almeno tre
anni, sia idoneo a educare, istruire e mantenere i minori
in stato di abbandono, – la voce di Laura è monocorde.
– Per essere ritenuti idonei, però, c'è un iter preciso da
seguire. Prima dovete fare una dichiarazione di disponibilità. E fino a qui è semplice, si tratta solo di riempire
un formulario. Nome, cognome, data di nascita, Comune di residenza, recapito telefonico, anno in cui vi siete
sposati, reddito annuo complessivo lordo.

– Lordo? – chiedo. Ancora non mi è chiara la differenza
tra lordo e netto. Tanto piú che c'è solo Andrea che lavora
e lo stipendio è sempre quello da anni.

Ma Laura non mi ascolta. Non è questo il punto. Il problema – e mentre pronuncia «problema» scandisce ogni sillaba, come per sottolineare che è davvero un *pro-ble-ma* e
che non lo sta dicendo cosí, tanto per – è l'indagine psicosociale. La voce di Laura cambia di intensità e di modula-
zione, questo *pro-ble-ma* deve essere proprio grosso, penso.

– Sono i servizi sociali che se ne occupano. È compito
loro esplorare le motivazioni che spingono all'adozione,
le aspettative dei futuri genitori, l'immaginario legato ai
figli –. Laura elenca i criteri come se stesse leggendo la lista della spesa. – Molto dipende da chi vi capita. Diciamo
che è un po' un terno al lotto.

Sembra contenta di sé. Ci guarda. Sorride. Da quand'è
che Andrea la conosce? Me lo ha sicuramente detto, però
non riesco a ricordarlo. Perché sorride?

– Cominciate le pratiche –. Ah no, non ha ancora finito,
penso sbuffando. – Poi, se volete, ci rivediamo con calma.
L'indagine non è da sottovalutare. Preparatevi a domande

indiscrete. Non mostratevi né troppo rigidi né troppo superficiali. Fate vedere che siete una coppia affiatata e che tiene, senza pretese, ma anche senza troppe incertezze. È importante, veramente! – Anche «veramente» è scandito sillaba per sillaba.

– E Caterina come sta?

Andrea le chiede della figlia. Chissà se sta pensando pure lui che non ha senso domandarsi se una coppia tiene o no. Quando tiene una coppia? Cosa la fa tenere? Lo si sa in anticipo? Ci sono dei segnali? Tiene anche se non si riesce ad avere figli?

– È adorabile. Ormai va all'asilo. Non ti racconto però la noia delle chiacchiere con le altre mamme. Soprattutto quando ci sono quelle che fanno solo le madri e non sanno proprio come impiegarlo, tutto il tempo che hanno.

Che le ha detto Andrea di me?

– Ora purtroppo dobbiamo salutarci. Ci sentiamo nei prossimi giorni. Mi raccomando: calmi ma energici!

Laura sorride di nuovo. Non si rende conto che questa storia della calma e dell'energia è ridicola? Calma ed energia: non è un ossimoro? Non è cosí che si dice quando si accostano parole contraddittorie? Mi pare che l'altro giorno Andrea, ironico, abbia detto proprio cosí. «Bell'ossimoro, Daria». «Cosa?» «Silenzio eloquente». «Perché?» «Perché l'eloquenza è una forma di ricchezza verbale, il silenzio invece è l'assenza di parole».

Ci penso mentre la calma e l'energia cominciano a prendersi a pugni. Andrea però non dice a Laura che ha usato un ossimoro, è già in piedi e anche lei ha voglia di finirla lí.

– La coppia deve apparire solida e affiatata, non dimenticatevelo, – dice accompagnandoci alla porta. – Oltre alla motivazione, occorre grande determinazione.

5.

Vi chiedo scusa. Mi dispiace, papà, non ce la faccio proprio ad andare avanti. Di' a Giacomo che lui sa quello che voglio dire. Di' a Paolo che in fondo non c'entra niente. Di' a mamma che lei è perfetta.

L'ho letto, Giada. Anche se tuo padre non voleva, ho letto il biglietto che hai lasciato. E ora tutto è diventato nero. Un fiume in piena che porta via qualunque cosa. Non ho appigli. Niente che faccia argine alle tenebre che mi inghiottono. Prima gli occhi, poi i pensieri, tutto il corpo. Dove si trova il confine, il punto esatto in cui inizia una cosa e ne finisce un'altra?

Le gocce che mi ha dato tuo padre non servono a nulla, non faccio altro che svegliarmi di soprassalto in un bagno di sudore, non voglio piú prenderle, ho la bocca impastata.

Perché, Giada, non posso piú vederti? È cosí nero il cielo oggi. Un baratro. Anche tu hai paura, vero?

Mi dispiace, papà, non ce la faccio proprio ad andare avanti.

Tutto perde confine, è indistinto, come quando ero bambina e in campagna, verso sera, contavo le rondini e i pipistrelli e non riuscivo mai a capire quale fosse il primo pipistrello e quale l'ultima rondine. Era sempre cosí, allora. Anche quando arrivava mia madre e gridava «basta», gridava «guarda dove metti i piedi», gridava «ma dove hai la testa?» Un passo dopo l'altro. Un giorno dopo l'altro. «Quand'è che metti la testa a posto?» urlava. Poi sei arrivata tu e tutto è andato a posto, non solo la testa. La strada da percorrere. I confini. L'ultima rondine e il primo pipistrello. Un passo dopo l'altro e un giorno dopo l'altro. Anche quando mia madre gridava «basta», e perdevo il conto dei passi.

Adesso come faccio a contare di nuovo?

Di' a Giacomo che lui sa quello che voglio dire.

Ho bisogno di silenzio, e i ricordi gridano. Ho bisogno dei ricordi, e il silenzio si stende su ogni cosa. Come una crepa che vernicia di invisibile ogni ora – Andrea deve smetterla di darmi queste gocce.

Hai lasciato un biglietto e te ne sei andata senza di me. Ti sei ammazzata. Che cos'è successo quella sera? Che cosa ti ha detto Paolo? Perché avevate litigato? E dov'è lui adesso? In quella casa dove non ci sei piú? Piena delle tue tracce, della tua assenza. Dov'è adesso che tu sei andata via e io ho paura?

Di' a Paolo che in fondo non c'entra niente.

Vorrei muovermi, ma resto ferma. Come se la vita scorresse dal finestrino di un treno in corsa. I campi e gli alberi da frutto. Le case e i giardini fioriti. Il torrente, le strade, il mare, tutto mio per pochi secondi, prima di sparire di nuovo, il treno va troppo veloce, non riesco piú a distinguere nulla, né i campi né gli alberi né le case né i giardini fioriti.

Di' a mamma che lei è perfetta.

Come faccio a vivere se sto morendo? Il futuro è fermo, immobile, come la terra arsa dal sole in piena estate, le zolle secche, assetate, quand'è che torna la pioggia, quand'è che torni, Giada?

Vi chiedo scusa.

6.

Il giorno in cui ci presentiamo al colloquio con i servizi sociali è l'inizio di un lungo calvario. Mi sono svegliata tesa e piena di paure. Che cosa rispondo se mi dicono che sono ancora giovane e che posso aspettare? Me lo ha ripetuto cosí tante volte, mia madre. Hai solo venticinque anni, c'è tempo. Ma a venticinque anni hanno già tutte un figlio. Sono tre anni che ci provo. Il medico ha detto che, anche se ho una tuba chiusa, può accadere. E se non accadesse mai? Io non ho nient'altro, se non questo desiderio di diventare mamma. E se decidono che non sono fatta per diventare mamma?

Ci si è messo anche Andrea. Mi ha detto che la gonna non andava bene, ma l'avevamo scelta il giorno prima insieme. Abbiamo litigato.

«Ora però mi impegno», dico tra me e me varcando la porta. «Calmi ma energici», ripeto mentre cerco la maschera per recitare la parte. «Solidi e affiatati», un mantra per convincermi che andrà tutto bene.

– Lei, se non erro, è un professore universitario, – esordisce la dottoressa Grasso, la psicologa dei servizi sociali che incontra le coppie intenzionate a adottare. È esattamente come me la immaginavo. Smalto colorato e rossetto sulle labbra. Permanente e occhiali firmati. Una stilografica nera stretta nella mano destra. La scrivania piena di fogli, riviste, formulari – dietro le spalle c'è uno scaffale ricolmo di libri, lo sguardo si posa su tre volumi, tutti dello stesso autore, un certo John Bowlby, *Attaccamento e perdita*. 1. *L'attaccamento alla madre*; 2. *La separazione dalla madre*; 3. *La perdita della madre*. Chissà se Andrea ha mai sentito parlare di questo Bowlby?

La dottoressa Grasso ha quel tono da io-so-tutto-e-a-me-non-la-venite-a-raccontare che farebbe uscire dai gangheri anche una come mia madre. Che è gelida. E di recite se ne intende a meraviglia. «Calmi ma energici», mi dico. Dov'è finita la maschera?

– Sono un ricercatore –. Andrea risponde composto. Un punto interrogativo disegnato sul viso. Il tono leggermente impostato. Ma Laura non aveva detto di non cercare di essere diversi da quello che si è? Che poi non ho ancora capito come si fa a essere autentici e al tempo stesso a recitare una parte. Va bene, mi concentro. «Solidi e affiatati».

– E cosa insegna?

– Letteratura comparata.

– Ah, la letteratura! Da giovane ho avuto una storia con uno scrittore. Pessima esperienza. Un tipo egocentrico e narcisista. Convinto di essere originale, anche se in realtà non faceva altro che parlare di sé stesso. Io, io, io... Lei non pensa che gli scrittori siano un po' tutti egocentrici e narcisisti?

– Dottoressa Grasso, io la letteratura la insegno, – risponde Andrea manifestando i primi sintomi di insofferenza. Sempre composto, certo. Ma ormai lo conosco a memoria e so bene che quando stringe i denti e deglutisce prima di parlare è perché comincia a essere nervoso.

Se c'è una cosa che proprio non sopporta sono i giudizi buttati lí da chi, come dice lui, non sa nulla di scrittura. E parla, parla, parla. A vanvera, dice Andrea. Laura ci ha

avvertiti: la psicologa avrebbe cercato di valutare la nostra
tolleranza alle critiche e alle provocazioni.
Ora Andrea le risponde male, penso. Ora rovina tutto.
Che faccio?

– Io invece non ho nemmeno finito l'università, – mi
intrometto. Scaccio in fretta e furia la voglia di accender-
mi una sigaretta e intervengo. Una cosa qualunque, a caso, cosí nel frattempo forse Andrea si calma. Laura ci ha
raccomandato di sostenerci a vicenda.
– Vedo dai documenti che lei, signora, non lavora. Cosa
fa durante la giornata? Come la impiega?
– Dipingo. Quando ero piú giovane preferivo i colori
a olio –. Sorrido. – Ci sono mille modi di diluire il colore prima di stenderlo, sa? Mille sfumature. Nonostante la
stabilità del pigmento resti immutata negli anni. C'è solo il problema degli odori. Sono colori poco adatti all'uso
casalingo, soprattutto se ci sono dei bambini. Ci vorrebbe un atelier.
– E come pensa di risolvere?
– Sono passata agli acquerelli –. La dottoressa Grasso
sembra colpita dal mio entusiasmo. È sempre cosí quando parlo dei colori, ma questa volta, oltre all'amore per la
pittura, c'è la voglia di tenerle testa. – Nessun odore. Si
diluiscono con l'acqua. In piú hanno il vantaggio dell'im-
mediatezza espressiva. Il bianco, ad esempio, non si usa
mai. Nella zona che deve restare bianca si lascia traspari-
re il colore della carta.
– Va bene, torniamo al punto. Perché volete adottare?

La risposta, Andrea e io ce la siamo preparata. Pare si
debba sempre dire che si desidera adottare per dare una
famiglia a chi non ce l'ha. Pare si debba evitare di ammet-

tere che è insopportabile l'idea di non avere un figlio, che
si sente un vuoto dentro. Pare che si debba scegliere sempre un profilo basso e mostrarsi ragionevoli. Qualunque
bimbo ci va bene. Non importa che sia un neonato. Vanno
bene anche due o tre fratelli. Siamo pronti.
Delle risposte che ci eravamo preparati, però, non è
uscito nulla. Solo: – Voglio diventare mamma, piú di ogni
altra cosa al mondo.

– La scusi, dottoressa. È che siamo entrambi un po' tesi,
può capirci. Ma saremo dei bravi genitori, glielo assicuro.
Daria sarà una mamma meravigliosa.
Ora è Andrea a venirmi in aiuto.
– Non so se sarò capace di essere una buona madre. Ma
lei lo è? Lo è chi ha la fortuna di ritrovarsi incinta senza
aver fatto nulla? Lo è chi abbandona il figlio appena nato?
Si rilassi, mi diceva il medico, e vedrà che prima o poi
un figlio arriverà. Gli argini si sono rotti, faccio acqua da
tutte le parti.
– Eviti di giudicare, nessuno può sapere come gli altri vivano la propria maternità o la propria paternità, –
dice la dottoressa Grasso. – Eviti in particolar modo ogni
riferimento ad «abbandono» o «abbandonato».
– In che senso? – Non mi rendo conto che la psicologa
mi sta aspettando al varco.
– A parte i casi di neonati lasciati nei cassonetti (ma allora è raro che si salvino, spesso li si ritrova quando è ormai
troppo tardi) nessun bambino adottato deve essere definito
abbandonato, – risponde la dottoressa. Mentre penso che
c'è scritto lí, in quei libri: non li ho letti ma basta il titolo.
Attaccamento. Perdita. Si è adottati perché si perdono i genitori, e se si perdono i genitori c'è abbandono, o no?
– C'è scritto lí, – sussurro indicando lo scaffale.

– Intendiamoci, signora, non sto dicendo che essere adottati sia semplice. È inutile, però, parlare di abbandono, colpevolizzare le madri naturali –. La psicologa sembra irritata, di sicuro pensa che farei meglio a stare zitta, ascoltarla e imparare qualcosa. – Parliamo piuttosto di lei. È questo che ci interessa oggi. Lei è in grado di occuparsi di un bambino non suo, di amarlo come se fosse suo e di crescerlo in modo sereno ed equilibrato? A lei compete l'onere di prepararsi ad accogliere il nuovo venuto. Ha tanti doveri e pochi diritti. Mi spiace dirglielo cosí, in maniera brutale, ma a me importa soprattutto evitare che l'adozione fallisca.

L'idea che l'adozione possa fallire mi terrorizza. Rimango immobile, non dico nulla, aspetto che la dottoressa finisca di parlare. Devo restare calma. Devo essere energica.

– Il benessere dei bambini, signora, è questo il solo criterio che mi guida nella scelta di una famiglia adottiva.

7.

– La sua stanza non si tocca.

Credevo di averlo detto in modo pacato. Ma Giacomo insiste che gliel'ho urlato, guardandolo come se fosse un mostro, quando lui mi aveva solo fatto notare che sarebbe stato meglio finirla con quel monumento funebre.

– Ci sono le mensole da liberare, e i maglioni e i pantaloni da buttare.

Mi ha detto che è ora di voltare pagina. Ma perché mai dovrei? E come fa a chiamare la tua stanza «monumento funebre»?

La tua stanza, tesoro, non la tocca nessuno. Ci sono le tue cose. Tutto lavato, stirato, piegato. Come quando eri bambina. Le mutandine e i calzini nel primo cassetto. Le magliette nel secondo. Le camicie appese alle stampelle. Cosí, quando vieni a trovare la mamma, è tutto in ordine.

L'altro giorno di colpo mi sono detta anch'io che non aveva senso. Che dovevo buttare via ogni cosa. Che non saresti tornata.

Poi ho provato vergogna. Certo che torni.

Nessuno la tocca, la tua stanza, promesso. Sulla sedia è tutto pronto. Le mutande, il reggiseno, la camicia, il golfino. E domani non perdi tempo, ti puoi alzare all'ultimo minuto. Sí, lo so che nessuna mamma lo fa con i figli grandi. Ma non è meglio cosí? Domani ti alzi con calma, ti lavi, ti vesti ed esci. Sí, lo so che nessuno indossa piú i golf fatti a mano dalla mamma. Ma ti piacevano tanto quando eri piccola. Ti ricordi quando volevi anche tu quello con i pupazzetti colorati? La mamma è andata a cercare il modello e te l'ha fatto identico.

– Mamma? Stai bene? – Giacomo mi fissa. Ho l'aria strana, dice, assente. – Sei pallida. Vieni, usciamo da qui.
– Sí, usciamo –. Mi tremano le mani, ho le vertigini.
– Dov'è finito il golfino di Giada con i pupazzetti colorati?
– Che?
– Ti raggiungo subito, Giacomo. Cerco solo una cosa.
– Non puoi continuare cosí, mamma. Giada non torna. Lo so anch'io che non è giusto. Lo so anch'io che fa schifo. Pensi che a me non manchi? Giada non c'è piú. Fa schifo, lo so. Ma è cosí. Ormai è passato piú di un mese dalla sua morte, e tu devi reagire.
– Basta, Giacomo, – rispondo rabbiosa. Certe cose non si dicono, certe cose non si pensano nemmeno. – Vattene. Lasciami in pace, per favore.

Mi avvicino al tuo letto e mi incanto sulla bambola di pezza che ti ha regalato papà quando hai compiuto tredici anni. «Ma papà, sono grande», hai detto guardandolo con l'aria di chi non capisce come sia possibile che papà non capisca. «Però è carina», hai aggiunto prendendola in mano, prima di sistemarla sul comodino, accanto all'orsacchiotto bianco di quando eri piccina.

È tutta sporca, tesoro, ora la mamma la lava, questa volta non la mette in lavatrice, questa volta non le rovina il vestitino di pizzo.

La tua stanza, Giada, non la tocca nessuno. Ci penso io, non preoccuparti. Cosí, quando arrivano i servizi sociali per vedere se è tutto a posto, le lenzuola bianche e le coperte ricamate, i giocattoli e i libricini, andrà bene. La mamma non esagera con l'ordine e le pulizie, d'accordo, ma una casa sporca non fa bell'impressione, no? Non si preoccupi, dottoressa Grasso, lo so che i giocattoli devono essere divertenti e sicuri – tutto quello che c'è nella tua stanza è divertente e sicuro, tesoro, vero? Lo sai che della mamma ti puoi fidare.

8.

– Lei è ancora molto giovane. È sicura di voler adottare? – chiede la dottoressa Grasso. Eccola, la domanda che aspettavo. È la seconda volta che ci riceve, e tuo padre si è raccomandato: oggi niente lagne, Daria, ti prego. È l'autunno del 1983, una giornata piovosa e triste, una di quelle che ti tolgono anche la voglia di alzarti dal letto. Ce l'ho messa tutta per cancellare lo sconforto, abbozzare un sorriso. Poi però è arrivata la domanda.

Sono giovane, è vero. Cioè. A venticinque anni non si è mica cosí giovani. A venticinque anni mia madre aveva una figlia di tre anni. E io desidero un figlio piú di ogni altra cosa. Ci penso sempre. Quando apro gli occhi la mattina e sento che solo se ci fosse un bimbo svegliarmi avrebbe uno scopo. Quando sono per strada e incrocio una carrozzina, oppure arriva un'amica a dirmi commossa, evviva, questa volta ci siamo, e io resto lí a commentare che bello, te lo dicevo che prima o poi sarebbe successo, mentre ingoio inutilmente lacrime e moccio, e anche la scusa del granello di polvere serve a poco, non è niente, ora passa. Ma non passa. Non passa mai. La sera rimugino su quello che potrei fare se rimanessi incinta anch'io. Un film pieno di cose colorate. Le fiabe e i Lego, il bagnetto prima di andare a nanna e le preghierine della sera, i compiti a casa e il *coloriage*.

Perché è capitato proprio a me di non riuscire ad avere figli?

*Ninna nanna ninna oh, questo bimbo a chi lo do? Se lo
do all'uomo nero se lo tiene un anno intero, se lo do alla be-
fana se lo tiene una settimana. Ninna nanna ninna oh, questo bimbo non lo do.*

– È sicura che il figlio non serva a risolvere dei problemi, magari quelli che ha con suo marito, magari quelli che
ha avuto con sua madre?
Ma quali problemi?
A mamma importava poco di me. Madre per caso. Madre perché tutte, prima o poi, hanno figli. Madre purtroppo. Madre nonostante. Madre che palle! Per lei, da quando
sono nata, è stata tutta una fatica. L'allattamento, il bagnetto, le pappine, la tosse, la febbre. Lo diceva sempre,
tanta, troppa fatica. Che c'entra lei?
Quanto ad Andrea, è un uomo. E per un uomo è diverso. Se fosse per lui, andrebbe bene cosí com'è, ne sono
certa. Ma io soffoco per tutto l'amore che mi porto dentro e non so a chi dare – è troppo, solo per lui, a volte mi
dice che lo opprimo: ora basta, Daria, lasciami lavorare
in pace. Come mia madre: lasciami in pace, Daria. Tutto
quest'amore sprecato.

*Centocinquanta la gallina canta, lasciala cantare, la vo-
glio maritare; le voglio dar cipolla: cipolla è troppo forte; le
voglio dar la morte: la morte è troppo scura; le voglio dar la
luna: la luna è troppo bella.*

– Siete pronti ad accettare eventuali problemi che possono sorgere, difficoltà scolastiche o relazionali? Adozioni
fallite, ricorda? Ne parlavamo l'ultima volta. Questi bambini spesso sono difficili, può accadere che siano autole-

sionisti. Se hanno vissuto per qualche tempo in istituto, hanno probabilmente sperimentato rapporti basati sulla legge del piú forte; se vengono da un altro Paese possono avere nostalgia della propria lingua e delle proprie radici, anche se ne rimane solo una traccia inconscia.

Ma di cosa parla questa?

Non lo sa che con l'amore si guarisce tutto? Certo che sono pronta. Sono prontissima. Ci vogliono amore e pazienza. Amore e tenacia. Amore. Solo tanto amore. Se davvero arriva un bambino, non ci sarà altro: penserò sempre e solo a lui. Se davvero divento mamma, si risolve tutto.

Andrea non ci crede, ma l'amore è proprio cosí: aggiusta ogni cosa.

Quando piove lento lento, e fa freddo e tira vento, nella casa sta il bambino, nel suo nido l'uccellino, nella cuccia il cagnolino, e il ranocchio senza ombrello, sotto il fungo sta bel bello.

– E il giudizio esterno, quello degli amici o dei parenti? Avete messo in conto le reazioni delle altre persone?

Ci mancherebbe pure che stessi a sentire gli altri. Devono solo provarci, a dire qualcosa! Qui si sta parlando di mio figlio, mia figlia. Punto. Figuriamoci se mia madre dice qualcosa, deve solo azzardarsi.

Ninna nanna, cocco santo, che il tuo babbo è ritornato, t'ha portato un bel cestino, pien di rose e gelsomino; pien di rose del buon odore, il bambino è il nostro amore; il bambino fa la nanna, è il cocco santo della sua mamma.

– Avete scelto di adottare per diventare genitori. Dall'altra parte, però, c'è un bambino che non ha scelto la propria storia. E che ha bisogno di serenità e solidità.

Ma chi sceglie la propria storia?

Io, ad esempio, non ho scelto nulla. E se potessi tornare indietro e ricominciare da capo, cambierei madre, cambierei infanzia, cambierei storia.

Ninna nanna ninna oh, questa bimba a chi la do, fa' la ninna, dolce amore, sei la gioia del mio cuore, ninna nanna ninna oh, fa' la ninna, dolce amor.

– Le avrà, – rispondo netta. Mi sono stufata delle sue domande.

– E quando quel figlio le dirà che non è lei sua madre, che è per questo che non vi capite, che se fosse rimasto con l'altra mamma sarebbe stato meglio?

L'altra mamma? Sua madre sono io.

9.

Ieri ci ho provato. Mi sono alzata e sono andata in bagno, ho spalmato la crema idratante sul viso e mi sono vestita. Cioè. Ho spalancato l'anta dell'armadio e fissato le camicie, le ho passate in rassegna una per una, poi ho preso un golfino a collo alto, l'idea di dover infilare i bottoni nelle asole, uno dopo l'altro, mi sfiancava.

Ho aperto il cassetto e ho afferrato una sciarpa. Ho indossato il cappotto e ho cercato le chiavi, non le ho trovate. Ho cercato in soggiorno, nello svuotatasche all'ingresso, in camera da letto, ho guardato il pavimento, la poltrona, la finestra, mi sono guardata allo specchio, ho distolto lo sguardo. Giacomo nel pomeriggio va da Mario, il suo amico, e non torna per cena; Andrea pranza in dipartimento. Senza chiavi, resto chiusa fuori. Senza chiavi, niente spesa, ho pensato sedendomi sul letto. Anzi, ora mi spoglio e rimango a casa, mi sono detta sfilando il cappotto.

Mi girava la testa. Era come se dentro ci fosse un moscone. Sentivo il sangue pulsare all'altezza delle tempie. Un frastuono continuo. Lampi. Mi sono alzata, ho urtato la borsa, sono cadute le chiavi. Eccole. Ho chiuso la porta e sono scesa in strada. Mi sono fermata davanti alle strisce e ho aspettato che le macchine mi lasciassero passare. Camminando sono arrivata di fronte al negozio di alimentari. Le vetrate scorrevoli si aprivano e chiudevano ogni volta che qualcuno si avvicinava. Dall'interno arrivava la voce

della commessa che chiamava: cinquantadue, cinquanta-
tre, cinquantaquattro...

Pane, uova, latte, mi sono detta andando a prendere il
numeretto. Pane, uova, latte, mentre la commessa chiedeva: sessanta, chi è il sessanta?

Era il mio turno, ma non riuscivo a muovermi. D'un
tratto mi mancava l'aria. C'era una giovane donna che
parlava con la figlia. La bambina aveva in mano un pezzo
di pizza rossa, e si era macchiata il viso col pomodoro. La
donna le ha detto: – Non puoi ogni volta sporcarti tutta,
Giada –. Un tuffo al cuore.

– Signora, tocca a lei –. Un ragazzo mi ha sfiorato le
spalle. Ho avuto un sussulto. La testa non mi girava piú,
ma sembrava che le costole si stessero stringendo, impe-
dendo ai polmoni di riempirsi di ossigeno. Come mi era
potuto venire in mente di uscire?

Quando è tornato, Andrea mi ha trovata seduta sulla
poltrona: – Daria, cos'è quello sguardo vuoto?

Ma non era lo sguardo a essere vuoto, pulcina. È vuoto
tutto.

Oggi niente doccia. Niente crema idratante. Niente golfino a collo alto. Niente. Resto in camera tua, sdraiata sul
letto a fissare la bambola di pezza che ti ha regalato papà
per i tuoi tredici anni. L'orsacchiotto bianco di quando
eri piccina. E il tuo viso, che mi guarda dalla foto appesa
sulla scrivania, quella che a me non piaceva, ti ricordi?, te
lo dicevo sempre, quella con Alessandra: eravate andate
insieme a Gerusalemme. È una città dilaniata, raccontavi, ferita, e familiare. Ti ho chiesto in che senso, hai fatto
finta di nulla. Non ci vivrei però, hai concluso.

Resto sdraiata sul tuo letto. Non faccio niente. Piú tardi, magari. Se mi sentirò meno stordita. Il torpore è meglio

dell'ansia che mi assale all'improvviso, non so nemmeno se sia ansia, ho la nausea, sí, spesso, e le vertigini, di colpo la gola si stringe e non riesco a deglutire, ho i brividi e, subito dopo, una vampata di calore, poi di nuovo i brividi. Andrea dice che sono attacchi di panico e che dovrei provare a prendere qualche pillola di Seropram o di Efexor. Lui sta meglio da quando il marito di Carla gliele ha prescritte, prima non dormiva bene, gli è capitato persino di rispondere male a uno studente o a un collega; dopo alcuni giorni di farmaci, invece, è riuscito a intervenire a un convegno su Joyce e i giochi linguistici.

Ma a me non serve l'Efexor, Giada, io non sono come lui. La mamma ha solo bisogno di tenerti stretta al cuore per stare meglio, molto meglio, sí, benissimo.

Se mi dànno una pillola che cancella tutto, la prendo, giuro. Tu torni, e ricomincia come prima. Tu torni, e la mamma non impazzisce piú.

Il male lascia senza parole. Se non lo nomini, non esiste. Se non lo chiami, scompare. Fino a che non impazzisci per aver ingoiato tutte quelle parole impronunciabili. Ma non è meglio staccarsi dalla realtà piuttosto che ammettere che sia finita ogni cosa? Come quella donna di cui mi avevi parlato, l'avevi letto su un libro, la donna che avvolgeva un pezzo di legno in una coperta e lo cullava, gli cantava la ninna nanna, gli sussurrava parole d'amore. Un pezzo di legno che diventava sua figlia. Un pezzo di legno. Basta poco per non credere piú a quello che si vede e che si tocca. La mia bambina dolcissima, diceva la madre al legno. L'amore della mamma.

10.

L'iter di adozione dura quasi tre anni. Interminabili. Cioè.

Il primo mese no, anzi. Tra dichiarazione di disponibilità e certificato di nascita, stato di famiglia e modulo 740, certificato del casellario giudiziale ed esami clinici, il primo mese vola via.

Un viavai frenetico tra il tribunale e l'anagrafe, l'avvocato e l'ospedale, il commercialista e il medico, e poi di nuovo il medico, l'avvocato, il tribunale. Tra l'ansia di fare in fretta e la paura di fare male, il tempo scorre veloce, mentre infilo i documenti nella cartellina gialla, uno dopo l'altro. E sgrido Andrea, che è sempre in ritardo. Quand'è che vai a farti le analisi? Dài! Quand'è che passi dal commercialista? Guarda che non ce la facciamo mica a consegnare tutto!

Un giorno dopo l'altro. Un documento dopo l'altro. Finché la cartellina non si riempie. Ce l'abbiamo fatta.

Cioè.

Ce l'abbiamo fatta a iniziare. Perché poi il tempo si dilata. Con le giornate che non finiscono mai. Con le attese lunghissime e gli incontri dalla dottoressa Grasso. Ogni sera a discutere con Andrea, perché cosí non va bene, cosí non ce la faremo mai.

Il momento peggiore, però, arriva dopo. Quando otteniamo finalmente il decreto. È il giudice, adesso, che deve chiamarci. È lui che decide, che abbina.

– Che poi «abbinamento» è proprio una parola brutta, non trovi? – dico ad Andrea, che con le parole è bravo. Persino lui, che tiene tanto alle parole, finisce però col cedere.

– Lascia perdere. È cosí che si dice.

– Voglio solo capire, perché dovrei lasciar perdere?

Cerco ovunque informazioni e consigli, anche se nessuno sa con precisione come funzioni quest'abbinamento e quali siano le regole. E quando si arriva dal giudice, dopo ore di domande e risposte, domande e silenzi, domande e promesse, si esce quasi sempre convinti che sia andata male.

Tante coppie convocate nello stesso pomeriggio.

Quella che esce dalla stanza affranta. Quella fiduciosa. Quella che scivola via evitando gli sguardi.

Che peccato, però, era una bimba di sei mesi, la bimba che aspettavamo, la nostra bimba. Che peccato. La prossima volta cerchiamo di essere piú convincenti. La prossima volta vado dal parrucchiere, mi trucco meglio, metto la giacca blu.

Invece no. Niente prossima volta. Niente che peccato, però.

È una chiamata diretta. Un lunedí mattina alle dieci. Il giudice ci comunica orgoglioso che siamo stati scelti, che saremo noi i genitori di quella bimba di sei mesi di cui ci ha parlato mercoledí pomeriggio.

Ma allora i miracoli esistono? Allora Dio ha ascoltato le mie preghiere? Allora non è vero che è tutto ingiustizia e sofferenza?

Il giudice dice che è sufficiente andare l'indomani in viale di Villa Pamphilj. Io piango perché non riesco anco-

ra a credere che non ci sarà bisogno di una prossima volta: niente parrucchiere, niente giacca blu, niente trucco
da rifare. Basta andare l'indomani in viale di Villa Pamphilj alle undici. Basta parlare con la direttrice del Centro
di accoglienza per la prima infanzia e recuperare il dossier
medico. Firmare i documenti. Portarti via.
Il giudice spiega che l'affidamento preadottivo dura un
anno, poi sarai figlia nostra a tutti gli effetti. Io penso che
ormai ogni cosa sarà facile.
Cioè. Non proprio facile, bella.
Cioè. Non proprio bella, perfetta.
Finalmente madre.
– Congratulazioni, signori! – dice il giudice. – Vostra
figlia vi aspetta, – dice. – Ora tocca a voi.

E se non siamo in grado di occuparcene? E se la bimba
ha qualche problema? E se poi non mi vuole bene? E se
poi sono io che non riesco a volerle davvero bene?

II.

È la prima volta che torno in chiesa dopo il funerale. Sí, Giada, lo so che andavo a messa ogni domenica. Ma da quando ti sei uccisa non ha piú avuto senso. Cosa me ne faccio di un Dio cattivo che mi ha tolto te? È un Dio senza pietà.

Ferma davanti al portone spalancato per la festa dell'Immacolata Concezione, esito. Forse devo girare i tacchi.

Poi compare don Pietro, mi fa un cenno, si avvicina.

Non gli parlo dal giorno del funerale. La sua predica non mi è piaciuta. Ho odiato ogni parola. Ho odiato pure lui. Ha detto che la misericordia e l'amore di Dio non ci abbandonano mai. Che la morte è solo un passaggio, una nuova nascita. Che l'abbraccio di Dio ci attende e ci consola. Quale consolazione può esserci, di fronte alla tua assenza?

– Che cosa ho fatto per meritarmi questo? – Mi asciugo le lacrime col palmo della mano. Non guardo in faccia don Pietro. Mi soffio il naso.

Siamo seduti vicino all'altare della *Pietà*, proprio dove volevi sempre metterti tu quando mi accompagnavi a messa il giorno dell'Immacolata, prima di venire a casa per mangiare le pettole al miele e al vincotto, ne eri ghiotta, ti ricordi? – ti piaceva tanto la storia delle palline lievitate e fritte che, secondo la nonna, erano nate per caso, uno sbaglio, solo perché una massaia, distratta dal suono delle zampogne dei

pastori, aveva lasciato lievitare troppo la pasta del pane e, per non buttarla via, era stata costretta a friggerla.
– Non c'entra il merito, Daria, nessuno merita di soffrire. La sofferenza è sempre un mistero, anche per noi cristiani –. Don Pietro mi sfiora il braccio. – La fede, però, può aiutarci. C'è un passo di Isaia che dice: «Allora lo invocherai e il Signore ti risponderà; implorerai aiuto ed egli dirà: "Eccomi"». Per un credente, come ho detto quel giorno durante la predica, la morte è un passaggio.
Mi ritraggo bruscamente. Non mi importa sapere che cosa sia, o debba essere, la morte per un credente.
– È Giada che è morta, don Pietro, non una persona qualsiasi. È la mia bambina che si è suicidata. Già quando se ne va via un parente o un amico è doloroso, ma un figlio? Come si fa ad accettare la perdita di una figlia? Il suicidio della propria figlia?

Quando è morta mia nonna, mia madre è stata schiacciata dal dolore. Poi, dopo un paio di settimane, ha ricominciato a portare la roba in lavanderia e a preparare la cena. Si è ricordata che le era scaduta la carta d'identità e l'ha rinnovata. Ha organizzato le vacanze estive e si è fatta cucire un vestito dalla sarta.
Con sua cugina ha svuotato gli armadi e gli scaffali: da una parte le borse e le sciarpe, dall'altra le gonne e le camicie. E quando le ho chiesto lo scialle grigio, quello con cui mia nonna si sedeva in poltrona per lavorare a maglia, mi ha risposto che era vecchio e infeltrito, meglio buttarlo via. «Cosa fatta, capo ha», mi ha detto. Come ogni volta che mi sorprendeva a rimuginare. «Vieni, usciamo, ché ti cambi le idee». Neanche la morte fosse cosa da archiviare in fretta e furia. Cambiandosi le idee. Una cosa dopo l'altra. Un'idea dopo l'altra. Così faceva lei.

Allora pensavo che il dolore fosse quello.
Quello.
Allora.

– La morte di un figlio è straziante, Daria, lo so, – dice don Pietro. – È uno schiaffo alle promesse d'amore, i progetti si infrangono, la speranza si frantuma.
– Perché Dio non ha fatto niente? Non poteva? Ma allora dov'è la sua onnipotenza? Non voleva? Che fine ha fatto la sua bontà infinita? Poteva prendere me. Dovevo essere io a morire. Non Giada. Lei aveva solo venticinque anni.
– Chiedilo direttamente a lui, Daria, parlagli! Quando la carne si fa urlo, Dio ascolta. Lui non ci abbandona mai. E sa bene cosa vuol dire perdere un figlio, ha sacrificato il suo per la salvezza dell'umanità.
Don Pietro ha gli occhi lucidi. La voce gli trema.
– Sopravvivere ai figli è un delitto.
– Non è la morte ad avere l'ultima parola, Daria. Il Signore, dopo essere stato crocifisso, è risorto. Tutti noi risorgeremo.
Mi alzo di scatto. Non voglio piú ascoltarlo.
– Se voleva togliermela, non doveva darmela.

12.

– Come devo tenerla? E la testa? Come faccio per non farle male? – Quando nel luglio del 1986 arrivo con tuo padre al Centro di accoglienza per la prima infanzia in viale di Villa Pamphilj, sono solo domande e inquietudine. Mentre suor Raffaella ti solleva dalla culla e tu, intenta a contemplare una giostrina di api gialle, sembri uno scricciolo. Hai poco piú di sei mesi.

Andrea ti fissa immobile, emozionato. Io ho paura anche solo di prenderti in braccio.

– Come ti chiami, tesoro? – dico scrutandoti incantata, nemmeno tu potessi rispondermi.

– Amelia, si chiama Amelia Romei, – dice la suora.

– Sull'atto di nascita c'è scritto cosí. Il nome e il cognome sono stati scelti dall'ufficiale di Stato civile, una volta ricevuta dall'ospedale la comunicazione del non riconoscimento da parte della madre.

Suor Raffaella ti solleva dalla culla e si gira verso di me. Io non so bene che fare. Goffa e impacciata, penso solo che Amelia non vada bene.

– Attenta alla testa, Daria, – dice Andrea avvicinandosi.

– Non si preoccupi, – interviene la suora. – È solo una questione di abitudine. Provi anche lei, – gli dice. – Coraggio, non abbia paura.

Suor Raffaella ci spiega che ormai cominci a riconoscere le persone e gli oggetti e sei sensibile agli odori e alle voci, non sei ancora nella fase di attaccamento, quella arriva piú tardi: tra un paio di mesi, vedrete, sarete voi le figure di riferimento, farà di tutto per attirare l'attenzione della mamma e cercherà la protezione del papà, soprattutto in presenza di estranei. A proposito, avete letto i libri di John Bowlby? Ve li consiglio, spiegano le fasi di sviluppo dell'attaccamento e l'importanza dei primi legami, la relazione con la madre e l'impatto che avrà questo rapporto sui legami futuri.

Ancora Bowlby? Era pure sullo scaffale della dottoressa Grasso, ma Andrea non ne vuole sentir parlare, sono chiacchiere, dice, non capisco questa fissazione per la psicologia, nei grandi romanzi c'è già tutto, Daria.

Suor Raffaella si ferma, mi chiede se sto bene, se possiamo andare avanti.

– Sí, certo, mi scusi, la prego, continui pure, mi ero distratta un attimo, – la voce imbarazzata, che mi prende?

Sorride e dice che capisce perfettamente, capita, lei ormai sta qui da anni e ne ha viste di tutti i colori, e poi, certo, non è facile, lo so, ma vedrà, non ci saranno problemi.

– Il ritmo del sonno si è regolarizzato –. Dice che a te piace dormire tanto, che dobbiamo evitare di svegliarti apposta per cambiarti o farti mangiare. – Pensate che a volte prende il biberon restando addormentata.

Ci suggerisce di procurarci un sacco nanna senza coperte né lenzuola: – È cosí che si è abituata –. Dice che il latte artificiale va benissimo e che ormai è come quello naturale: – Tutte queste storie che solo quello materno sarebbe facile da digerire e proteggerebbe contro la diarrea, l'otite o le allergie lasciano il tempo che trovano –. Il biberon va benissimo, basta scaldare il latte, lo può fare anche il padre. È sufficiente prestare attenzione a dartelo sempre e solo tiepido, dice.

– Ma prende solo il latte? – le chiedo mentre già ricomincio a pensare al tuo nome: sono certa che Amelia non va bene, non va bene per niente.

– Potete sbriciolarci dentro i biscotti. Potete anche iniziare a darle la crema di riso o di farro. Ci sono quelle istantanee, senza bisogno di cottura, molto pratiche.

– Plasmon?

– Plasmon, Mellin, Humana. Come vuole. Ce ne sono centinaia, ormai, di marche specializzate.

– Ma perché l'hanno chiamata Amelia? – sussurro guardando Andrea, sono sicura che anche lui ci sta pensando. Il nome è troppo importante, non si può mica sceglierlo alla leggera. Ci sono i tuoi occhi verdi che mi guardano. E allora penso che «Giada» sarebbe un nome perfetto. Giada, certo!

– Possiamo cambiarglielo, vero?

Suor Raffaella lavora al centro di Villa Pamphilj da tanti anni ed è sempre la stessa storia, racconta. Il nome non va mai bene, forse perché è stato scelto da qualcun altro. Poi si volta per dire a Iris di togliersi il dito dalla bocca, altrimenti si rovina il palato.

Fuori c'è un viale alberato. C'è un giardino con un'altalena di legno e uno scivolo di plastica. C'è una giostra con le sedute a forma di cavallo e di elefante e le luci psichedeliche. Guardo dalla finestra e commento con tuo padre che è bello ci sia uno spazio per i giochi.

È l'inizio del mese di luglio, ma l'aria è tiepida, non è ancora quel caldo afoso che c'è a Roma in estate. Seduto sulla giostra, un bimbo piange. Ha un ginocchio sbucciato.

– Una bua piccola, – lo consola una suora accarezzandogli

il viso, mentre il vento le sposta il velo. – Ora andiamo a disinfettare la ferita e vedrai che passa tutto, – gli dice sistemandosi l'abito.

Sorrido, poggio la guancia sulla spalla di tuo padre, mi giro di nuovo verso suor Raffaella.

– È cosí da anni, già da quando c'era il brefotrofio, – dice. – Oggi siamo un Centro di accoglienza per la prima infanzia e dire brefotrofio è brutto. Ma in fondo che cambia? Si tratta sempre di bimbi abbandonati, non riconosciuti, talvolta maltrattati, comunque affidati all'assistenza pubblica.

La suora non vuole che ci siano equivoci. – Qui, – lo dice con la voce grave, come un lamento, – c'è solo tanto dolore. Guardateli bene. Guardate i loro occhi. Sono tristi nonostante i sorrisi. Nonostante il giardino e i carillon. Qui i bambini perdono la gioia.

Fa una pausa.

– Luoghi come questo, – riprende suor Raffaella, – non dovrebbero esistere. I bambini dovrebbero essere dati in affido o in adozione da subito. Hanno bisogno di una famiglia, una madre o un padre cui attaccarsi, con cui identificarsi, da cui, spesso, anche allontanarsi. Come possono crescere sereni qui?

13

«Pietra nel fianco». Comincio subito a informarmi sul significato del tuo nome. Il colore dei tuoi occhi è giada. Su questo non c'è ombra di dubbio. Ma va bene «Giada» come nome per una bambina? Quante «Giada» ci sono in Italia? Chi chiama la figlia «Giada»? Mille domande cui devo per forza dare una risposta prima di decidere. Cosí non esito ad andare in libreria e comprare tutto quello che trovo sulle origini del nome.

«Giada è un nome augurale. È il nome della pietra del quarto chakra», leggo su un manuale di meditazione e riflessoterapia, dove si dice che questo chakra è il centro dell'amore incondizionato e dell'armonia degli opposti. «In analogia con la pietra preziosa omonima, Giada ha un carattere lucente, una mente pura e un'aura preziosa», è scritto nel libro che mi ha regalato Andrea e che spiega le qualità personali legate ai nomi. «Limpida come la rugiada, di cui condivide le ultime due sillabe. Cordiale, franca, radiosa, tenace, vivida, amante della precisione».

Piú vado avanti nelle ricerche, piú mi conforto nell'idea che sarai sempre limpida e tenace. Sarai circondata dalla luce. Sarai felice.

C'è scritto ovunque, come posso dubitarne?

– Affinità celestiale con l'egizia Aida; ogni Giada ha come pianta portafortuna il giglio e come colore dominante
il giallo, – dice Carla.
– Scusa, e tu che ne sai? – le chiedo.
– Quando è nata Teresa volevo chiamarla Giada e mi
sono informata, proprio come stai facendo tu ora. Poi mio
marito ha insistito che la madre ci sarebbe rimasta male,
una questione di tradizione familiare, sai, alle femmine il
nome della nonna, al maschio quello del nonno. Ma in fondo è andata bene cosí. Pensa che Teresa, a differenza mia,
il giallo lo odia, – e indica il foulard di seta che indossa quel
giorno, regalo del marito al ritorno da Parigi dopo un con-
gresso di neurochirurgia, dice, una relazione sulla stimola-
zione magnetica transcranica, molto apprezzata, chissà se
prima o poi ce la fa a diventare primario, però questo carré
Hermès è proprio bello, ti piace, Daria, il fondo giallo oro?

E allora non smetto piú di pensare a tutte le gradazioni
del giallo che ti insegnerò, Giada, e anche gli ultimi dubbi
si dissipano. Si va dall'ambra al giallo pastello, dal grano
al limone, dall'oro allo zafferano, dal giallo pesca al giallo
mostarda. Poi c'è il giallo ocra che si estrae dalle terre ar-
gillose e che può essere piú o meno caldo, talvolta sfuma
nel brunastro, a seconda della quantità di ossido di ferro
presente in quelle zone.
C'è il giallo di cadmio che, mescolato con l'azzurro, crea
i verdi piú lucenti – non è giallo oro, Carla, secondo me è
giallo mandarino, anzi, una via di mezzo tra il mandarino
e l'ambra, vabbe', ma che cambia, sono io quella fissata
con le gradazioni dei colori, mica tu.
Poi c'è il giallo di Napoli, che serve a dare luce all'incar-
nato femminile e si sposa perfettamente con tutti i bianchi,

e c'è il giallo di cobalto, che è inalterabile al tempo; c'è il giallo indiano con la sua gradazione dorata e trasparente, e c'è il giallo mais – sai, Carla, forse non è nemmeno giallo miele, il fondo del tuo foulard, è piuttosto oro vecchio, sí, è come se ci fosse dentro un pizzico di verde oliva, è una via di mezzo tra l'oro e il giallo cromo.

Mille sfumature di giallo che illumineranno la tua vita, Giada. Sarai radiosa, per sempre.

14.

Natale si avvicina, ma io non ho nessuna voglia di fare l'albero e pensare agli addobbi, l'ho detto pure a Giacomo. L'aria di festa imminente mi deprime.
Ieri Carla si è presentata all'improvviso. Quando me la sono trovata davanti alla porta, ho trattenuto a stento la collera: Carla, che ci fai qui?, Ero nei paraggi e ho pensato di passare, hai da fare? solo pochi minuti, non ti preoccupare, non ti senti bene? due chiacchiere e ti lascio, tranquilla, vuoi che me ne vada via subito? capisco, certo, ma come sta Giacomo?

Carla mi ha detto che dovrei avere pietà. Pietà, proprio cosí ha detto. – Tu hai perso Giada. Tuo marito e tuo figlio, oltre a Giada, hanno perso te.
Cosa posso farci io se quel venerdí sera si è rotto tutto?
Nemmeno Carla riesce a capire la rabbia e i sensi di colpa che mi porto dentro. In fondo è come tutti gli altri: quelli che i figli se li tengono stretti. Vanno in vacanza, comprano case, fanno programmi. Se li tengono stretti stretti, loro, i figli. La mattina in spiaggia sotto l'ombrellone con la crema protezione totale, la sera al ristorante, una tavolata di discorsi e di sorrisi, il pesce arrosto e il gelato con la panna. Diventeranno presto nonni e racconteranno ai nipotini di quando i loro genitori erano piccoli e facevano i capricci prima di andare a scuola. Le foto ingialli-

te e i gioielli di famiglia. Il mutuo per l'appartamento e i sacrifici per mandarli all'università. Non possono capire cosa succede quando tutto si sbriciola e non ci sono piú né progetti né sogni. La notte a girarsi e rigirarsi nel letto alla ricerca di un sonno che non arriva. La convinzione di avere una colpa da espiare. Nonostante l'impotenza. Anzi, proprio a causa dell'impotenza.

È sempre la stessa litania, ogni giorno, ogni persona: hai figli? quanti figli hai? Si dovrebbero vietare certe domande. Oscene. Irricevibili. Indipendentemente dai figli che hai o non hai, che hai perso o hai ancora, che hai amato o hai subito. Li hai, ma non li volevi. Non li hai, ma faresti qualunque cosa pur di averli. Li avevi e ne hai perso uno. Allora, quanti ne hai? Uno? Due? Erano due e ora è uno? Sei madre? Non lo sei piú? Chi sei? Fai la spesa per uno, cucini per uno, lavi e stiri per uno, pensi a uno. Cioè. No. Pensi sempre a due. Sebbene per una dei due non cucini e non stiri piú. Non puoi piú preoccuparti per lei. Lei non c'è. Lei si è ammazzata. Anche se c'è sempre. Il sempre dell'assenza.

– Andrea mi ha detto che non ti riconosce piú, sembri una foto in bianco e nero, una sagoma scura su sfondo bianco, – ha continuato Carla sfiorandomi il viso. Mentre io mi ritraevo. Pensando che tuo padre, certe riflessioni, dovrebbe tenersele per sé. Ma è piú forte di lui. Non ce la fa proprio a evitare le metafore. E Carla di che si impiccia?

Quando ho incontrato Andrea, mi sono innamorata delle sue metafore. Era tutto un «creare pensiero», un «senso sul senso», un «rendere visibile l'invisibile». «La letteratura è parte inscindibile della cultura nel suo complesso. La pittura, la musica, la fotografia. È per questo che, spiega

bene Michail Bachtin, le grandi opere superano le frontie-
re della loro epoca e vivono nei secoli, nel tempo grande e
spesso», mi disse la prima volta in quel ristorante indiano
dove poi prendemmo l'abitudine di andare ogni fine settimana. Mentre io lo guardavo incantata facendo sí con
la testa, anche se di quei discorsi capivo poco. Era bello
ascoltarlo. Bello e basta.

Ma ora le metafore fanno male. Una foto in bianco e
nero, dice. Da quando non ci sei piú, Giada, è diventato
tutto nero. Si perde un genitore. Si perde un fidanzato. Si perde un fratello. Si tiene il lutto, si piange, poi, col tempo, ci si consola. Alla morte di un figlio, però, non puoi
sopravvivere – a proposito, Paolo è sparito, non si è piú
fatto sentire. Forse ha già trovato un'altra, sicuramente.
Andrea dice che il giorno dei funerali era disperato, ma
dov'è adesso? Disperato, certo, per quanto ancora? La vita
per lui continua, continua per tutti: è la cosa che tollero
di meno.

Secondo Carla, Andrea avrebbe detto che ogni volta che
mi guarda gli trasmetto inquietudine e impotenza, come
quando stai vedendo un film in una sala buia e la pellicola
si arresta tagliando a metà una scena: il fotogramma sfoca-
to, le pose innaturali, si cerca di completare il movimento
pensando alle sequenze successive. Per Andrea, ha detto
Carla, dalla sera in cui te ne sei andata via sono cosí: sfo-
cata e innaturale.

Al nostro primo appuntamento, citò Thomas S. Eliot.
«Gli occhi che ti fissano in una frase formulata, | e quan-
do sono formulato, schiacciato sotto l'ago». Mi sembrava
bellissimo pensare che gli occhi potessero fissarti in una
frase, e che quando si formula qualcosa ci sia un ago che

ci schiaccia. Non aveva senso, cosí pensavo. Ma era bello
proprio per questo. Poter immaginare cose prive di senso
e dirle. Senza che mia madre intervenisse ordinandomi di
smetterla con quelle «parole in libertà» – me lo ripeteva
sempre quando ero adolescente: parole in libertà. Soprattutto se cercavo di spiegarle che farmi dormire dalla nonna perché lí stavo bene non era un motivo, ma una scusa,
e che ogni scusa è una contraffazione, e le contraffazioni,
bugie. Non spetta a una madre vegliare sui figli? Non fa
parte del dovere materno accudire? Dov'era lei quand'ero
triste? Lo sapeva che mi mancava?

Secondo Carla, Andrea avrebbe detto che ho gli occhi
annuvolati, come se stessi raccogliendo la pioggia. Ma Carla
non sa che questo non è tuo padre a dirlo. Lo aveva scritto
Derek Walcott in *Mappa del Nuovo Mondo*. «Il gocciolio si
tende come le corde di un'arpa. | Un uomo con occhi annu
volati raccoglie la pioggia». Andrea mi regalò le sue poesie
nel 1992, quando Walcott vinse il Nobel. Era appena nato
Giacomo. Eravamo felici, tutti e quattro insieme. Felici,
felici. Come se il vuoto che mi portavo dentro fosse stato
riempito e niente piú potesse farmi male.

Che ne sa Carla di noi? Di quello che ci ha uniti e che
ora si è perso? Di quello che sognavamo e pensavamo e
avevamo e coccolavamo, e che ormai è sparito per sempre?
Di nuovo quel vuoto. Stavolta incolmabile: nessun rimedio
– ieri guardavo le tue foto, Giada, toccavo i tuoi vestiti,
cercavo tracce del tuo odore, quello che ti sei portata dietro quando sei arrivata, e all'inizio con tuo padre non ca-
pivamo cosa fosse, un profumo strano, diverso, prima che
diventasse l'odore delle nanne e della pappa. Il tuo odore,
pulcina. Non esiste piú da nessuna parte.

«Solo gli scrittori sono capaci di liberarci dalle maschere e mettere in scena la verità», diceva Andrea quella sera al ristorante indiano.

Ma si sbagliava. Aveva torto. Torto marcio. Quale scrittore potrebbe mai raccontare la tua storia, Giada? Chi avrebbe l'arroganza di dare un senso alla tua morte?

Vi chiedo scusa.

Secondo Carla, tuo padre avrebbe detto che sembro una statua di sale, come se mi fossi bloccata di fronte a un burrone, mentre lui voleva saltarlo.

Ma io, nel burrone, ci sono già caduta.

È da quando te ne sei andata, Giada, che precipito.

15

«Quarto piano, ala O». Una *o* che, scritta in maiuscolo, si confonde con lo zero. Tornata a casa, rileggo gli appunti presi mentre suor Raffaella cercava i documenti e metteva insieme le tue cose, e mi inceppo.
– Ma è *o* oppure zero? – chiedo ad Andrea.

Sei nata il 6 gennaio del 1986 a Roma, al Policlinico Gemelli. «Un ottimo ospedale, – ha detto suor Raffaella. – Il reparto si trova al quarto piano. Quarto piano, ala O».

– Ma è *o* oppure zero? – Andrea sbuffa: se non riesco a rileggermi, lui che può farci?
Ma non è un problema di grafia.
– Non trovi che il destino sia strano? In fondo, per Giada, sarebbe piú appropriato parlare di zero che di *o*, – gli dico. – Che valore può avere la vita di un bimbo abbandonato?
Andrea tace.

– «Ottimo ospedale», – leggo. – «Anche i padri possono restare in sala parto».
Che razza di appunti ho preso? Che ci importa della sala parto?
– «Ala zero» – . Non riesco a togliermelo dalla testa, che quello scarabocchio sugli appunti sia uno zero, nonostante

la presenza dell'ostetrica e del ginecologo, dell'anestesista e del neonatologo. Suor Raffaella ha insistito: «Un privilegio, il fatto di essere nata lí. Al Gemelli è tutto molto professionale, anche prima del parto. Le mamme arrivano con quattro cambi confezionati singolarmente. Ogni cambio è in una bustina di plastica, etichettata con il cognome del neonato. Ogni cambio prevede una camicia di cotone, una maglietta di lana, un coprifasce, un paio di scarpine con i laccetti».

«E se una madre il figlio non lo vuole, chi prepara le quattro bustine? Chi prende le quattro camicie, le quattro magliette, i quattro coprifasce e le quattro paia di scarpine con i laccetti? Quale privilegio?»

Suor Raffaella si blocca, sembra imbarazzata.

«Ha ragione», dice, e abbassa lo sguardo.

Quando sono nata io, mamma ha partorito a casa. Non è andata in ospedale, la nonna ha pensato a tutto. Sono arrivate le doglie, e lei ha preparato un litro di camomilla con le foglie di alloro. Mia madre aveva la nausea, e lei le ha fatto inalare l'acqua di malva. Sono uscita, e lei mi ha disinfettato con l'acqua bollita e l'acido ossalico sublimato.

Niente camicia e niente scarpine con i laccetti, quando sono nata io. Niente magliette e niente coprifasce. Ma c'erano i panni di cotone rettangolari che la nonna aveva già utilizzato per la mamma, ritirati fuori per l'occasione e sistemati come nuovi. C'era la stanchezza di mia madre. «Nonna, perché la mamma non mi voleva allattare?» le ho chiesto piú volte da bambina. «Perché la mamma non stava bene?»

C'erano la festa per il battesimo e i confetti colorati; il brodo di pollo per mia madre e per papà, che era in viaggio, stava tornando.

Che cosa mi mancava? La nonna si era occupata di tutto.

Chi ti ha accolto, tesoro, quando sei nata tu? Chi ti ha accudito e coccolato? Perché ti hanno chiamato Amelia senza fare attenzione al verde dei tuoi occhi? Nessuno di noi sceglie la propria storia, certo. Ma tu sei stata subito meno di zero. Senza camicia e senza maglietta. Senza coprifasce e senza scarpine con i laccetti. Con un nome sbagliato e senza mamma.

Tu non hai scelto niente.

Quarto piano, ala zero.

16.

Appena torniamo a casa dal centro di viale di Villa Pamphilj, Carla ci suggerisce di portarti dal pediatra. Il suo è
bravo, dice, sempre disponibile a muoversi in caso di emergenza, molto professionale. Un po' rigido, forse. All'antica. Meglio all'antica, però, che strafottente. Un po' caro,
certo. Ma che importa, quando si tratta dei figli?
– Scriviti tutto, – si raccomanda. – Fa' una lista precisa delle cose che gli vuoi chiedere. Altrimenti, quando sei
lí, te le dimentichi. A me capitava sempre, le prime volte.

La lista, preparata con cura, la tiro fuori non appena il
dottor Onofrio ci fa accomodare. – Vede, dottore, Giada
non è mia figlia.
Mi scruta attraverso le lenti spesse degli occhiali.
– Cioè. È mia figlia. Ma è stata adottata.
Sulla scrivania, c'è la copia originale del *Traité clinique
et pratique des maladies des enfants*, Parigi 1843, pergame-
na rigida e fregi, filetti dorati e titoli in oro – una rarità,
ha detto il dottore ad Andrea notando che la osservava.
– Al Centro di accoglienza per la prima infanzia di Villa
Pamphilj ci hanno dato questi documenti. Guardi, c'è tutto,
almeno credo, parto spontaneo, decorso neonatale normale,
due chili e settecento grammi, assenza di patologie endocri-
nologiche e metaboliche. Siamo noi che non sappiamo da
dove cominciare. Sono io.

Il dottor Onofrio si sistema gli occhiali sul naso e ci sorride.
– Non vi preoccupate. Ora vi spiego tutto. Prima però fatemi visitare la bambina –. Poi, guardando me: – Comunque, signora, adesso dimentichi che Giada è stata adottata. Ormai è sua figlia. Vedrà che andrà tutto bene!

Ti prende in braccio, ti dice: – Dunque, signorina, vediamo un po' quanto pesi e come stai –. Senza fiatare, tu ti lasci sollevare, auscultare, misurare, pesare. A tratti ridi. A tratti sembri curiosa. A tratti concentrata sul quadro appeso dietro la scrivania del pediatra. È un disegno del Piccolo Principe, con lo sfondo azzurro pieno di stelle, il principino in piedi su una palla grigia simile alla Terra e, proprio al centro, una scritta rossa: «Gli occhi sono ciechi. Bisogna cercare col cuore».

– Bene, – avverte il dottor Onofrio dopo averti misurato la circonferenza cranica, controllato l'articolazione dell'anca e auscultato il cuore e i polmoni. – Mi sembra tutto in regola: peso, altezza, riflessi, udito, addome. Certo, – ci mostra una tabella piena di cifre e percentuali, – la bambina è un po' magra. Il peso, però, rientra negli standard. Cinque chili e settecentocinquanta grammi per sessantacinque centimetri.

– Ma le manca piú di mezzo chilo per essere nella media, – esclamo puntando il dito sulla tabella.

– Basterà fare un po' d'attenzione durante le prossime settimane, – mi rassicura consegnandomi un foglio pieno di cibi e di dosi. – Segua questa dieta e non si preoccupi. È tutto a posto.

Passato di verdura: 2 cucchiai (20-30 grammi) + 3 cucchiai di crema di riso, mais e tapioca o semolino

Oppure: 2 cucchiai di pastina (20 grammi)+un cucchiaino di olio
d'oliva+carne frullata (30-40 grammi)+un cucchiaino di par-
migiano (come alternativa alla carne, non insieme)
Oppure: mezzo vasetto di omogeneizzato di carne
Oppure: prosciutto cotto (20-30 grammi)
Oppure: ricotta o crescenza (30-40 grammi)

    – Tra un paio di mesi potrete aumentare le dosi, ma ci
penseremo la prossima volta. Per ora accontentiamoci di
questo. Evitate burro, formaggi grassi, dolci, bevande zuc-
cherate. La frutta invece dategliela ogni giorno, mi raccomando, sempre lontano dai pasti, a merenda.
    – E se non vuole mangiare? – chiedo.
    – Meglio non insistere. Altrimenti si ottiene l'effetto
contrario.
    – E se non prende peso? – ribadisce Andrea.
    – Riprovate ogni giorno, senza mostrare nervosismo o
impazienza, e vedrete che pian piano mangerà.
    – E le vaccinazioni? – dico sfogliando le carte che ci ha
appena consegnato il dottore.
    – Nel libretto sanitario c'è scritto che sono in regola.
Come si puliscono le orecchie? E le unghie, si tagliano?
Adesso che fa caldo, la portiamo al mare? E per il sole?
Solo dalle otto alle dieci del mattino? – abbiamo talmente
tante domande, che dopo un po' decido di lasciar perdere
la lista e vado a braccio, inondando il pediatra di parole e
di angoscia. Lui però continua a sorridere e annuire.
    – Un'ultima cosa, dottore. Se le viene la febbre?
    – Non esitate a chiamarmi, in quel caso. Pure di notte.
Anche se la febbre è solo una reazione dell'organismo. Fa
paura, ma non fa male.
    – E se invece fosse il sintomo di una malattia grave? –
Andrea è quasi piú spaventato di me.

- Nessuna malattia grave si manifesta solo con la febbre. Basta farla bere molto, evitare di coprirla troppo e, all'occorrenza, darle del paracetamolo o dell'ibuprofene.
- E il ghiaccio in testa? – chiedo pensando alla borsa del ghiaccio che mamma mi sbatteva sulla fronte e che detestavo, ma lo faceva per il mio bene, diceva.
- Niente ghiaccio in testa, è una pessima abitudine.
- E se piange?
- Tutti i bambini piangono.
- Ma lei è adottata, – mi esce cosí, di nuovo. Il punto è questo, non ci posso fare niente.
- Signora, gliel'ho già detto. Faccia come se niente fosse.
Il dottore continua a rispondere con pazienza e dolcezza.
- Cioè? – lo incalzo.
- Ormai Giada è sua figlia e, come qualunque bambino, ha bisogno di serenità e certezze. Faccia come il Piccolo Principe. Cerchi col cuore!

Parte seconda

Dimmi, perché i bambini innocenti devono morire? Te lo sei mai chiesto? Io molto spesso. [...] Non ho nient'altro da fare nella vita, cosí ci ho riflettuto molto. Sí, fino a ora. Finché vivrò. Da un dolore simile non si guarisce mai. Ecco l'unico, vero dolore: la morte di un bambino. È il termine di paragone per misurare tutti gli altri dolori. Tu non lo conosci, lo so. Vedi, non saprei dirti se ti invidio o se ti compatisco per non averlo mai provato... ti compatisco, sí.

SÁNDOR MÁRAI, *La donna giusta*.

17

È la vigilia di Natale e io fisso il soffitto della cucina per ore, le braccia incrociate, la mente annebbiata. Andrea mi raggiunge, apre la lavastoviglie, sistema le pentole e le padelle in basso accanto ai piatti, impila le tazze e i bicchieri sul piano inclinato.

– Dove vanno le ciotole, Daria? – mi chiede imbarazzato, facendo attenzione a non guardarmi. Il lavandino è stracolmo di utensili e stoviglie: tazzine, coltelli, forchette, mestoli, vassoi, sono giorni che si accumulano, è tutto sporco, lo so, ma ogni volta che provo a riordinare la stanchezza mi paralizza.

– Mettile pure dove vuoi.

Andrea finisce di caricare la lavapiatti e viene a sedersi accanto a me. Resta alcuni istanti in silenzio. Poi mi chiede cosa voglio mangiare per cena. – Posso provare a cucinare io. È il 24 dicembre, Daria, forse anche Giacomo desidera qualcosa di diverso. È vero che in cucina sono una frana, te ne sei sempre occupata tu, ma posso provarci, che dici, magari per una volta ti stupisco.

Abbozza un sorriso. Io non reagisco, mi volto dall'altra parte. Cosa vuoi che mi importi del Natale, Giada? Niente presepe e niente regali, quest'anno. Niente luci colorate e niente cenone.

Andrea si alza, si avvicina al frigorifero, cerca di capire cosa può cucinare. – Ma è vuoto, – esclama girandosi di

nuovo verso di me. Lo so anch'io che è vuoto, e allora?
Non mi interessa. Non me ne importa niente del cibo,
del disordine, dello sporco.
Andrea si passa le mani fra i capelli e sospira. – Da quando Giada se ne è andata, per te non esistiamo piú –. È
affranto. – Dobbiamo cercare una soluzione, Daria, una
qualunque, ti prego, cosí non va bene, ho bisogno di ri-
trovarti.
Provo a dirgli qualcosa, ma niente. Frugo dentro, trovo
solo dolore. Allora rinuncio anche oggi, parliamo domani,
non sto bene, non mi sento affatto bene, scusa, ma oggi non
è proprio il caso di insistere. No, non è vero che l'altro giorno ho detto esattamente la stessa cosa, non è vero che va
avanti da settimane, questa storia, sei un bugiardo! Perché
non mi lasci in pace?
    – Daria, prima o poi dobbiamo affrontare la situazione.
Fai uno sforzo, ti supplico.
    Non è vero che non mi sforzo, deve smetterla di tor-
mentarmi.
    – E con Giacomo come la metti?
    – Giacomo è vivo.
    – Sí, è vivo! Per fortuna è ancora vivo. Ma ti chiedi mai
che vita stia vivendo? Anche lui sta male, Daria, è abbat-
tuto, si sente solo, magari anche in colpa.
    – In colpa per cosa? – Faccio per andarmene.
    Andrea mi prende per il braccio, mi strattona.
    – Non è la stessa cosa, – mormoro. – Lasciami stare.
    – Adesso basta, Daria. Basta davvero!
    Ma a me non basta, non basterà mai. Quando apro
l'armadio per vestirmi, e vedo tutti quei colori, mi viene
la nausea, guardo l'abito giallo con la scollatura – Mamma, ti sta benissimo!, mi avevi detto. È proprio il giallo ocra che adoro. Me lo presti, sabato prossimo? C'è il

matrimonio di Alessandra – guardo l'abito e ho voglia
di farlo a pezzi.
 – Perché non sei morto tu al posto suo?
   Adesso sono io che urlo. Non mi calmo nemmeno quando Andrea mi dice che avrebbe voluto, eccome, essere morto al posto tuo. Nemmeno quando dice che non vede l'ora di raggiungerti.

18.

– Anche io ero lí dentro? – mi chiedi, il dito puntato verso il pancione. Hai cinque anni e mezzo, Giada, e le mani piccole piccole. Io cerco di cambiare discorso dicendoti che quando arriverà Giacomo avrai un bambolotto in carne e ossa con cui giocare. – Ancora qualche mese ed esce dalla pancia della mamma, tesoro.

Sono incinta, sí. Incredibile!

Prima che arrivassi tu, non c'era stato verso. Non ci riuscivo, non ero capace: il medico mi aveva detto che ero ancora giovane e che potevo aspettare, ma aveva detto anche che avevo un «utero infantile» – «infantile», proprio cosí l'aveva definito, guardando i risultati dell'ecografia. Poi l'isterosalpingografia aveva rivelato che avevo una tuba chiusa. Il medico non si era allarmato, non significava niente, tutto poteva cambiare, si rilassi e non ci pensi, le prescrivo una terapia antibiotica e antinfiammatoria, ne riparliamo tra qualche settimana, va bene? Di settimane, però, ne erano passate molte quando ero tornata da lui per annunciargli che avevamo deciso di adottare. «Ci vogliono anni, dottore, prima che si concluda l'iter. Se aspetto ancora, rischio di non averlo piú, questo bambino». Poi eri arrivata tu. E alla gravidanza avevo rinunciato, ci avevo messo una pietra sopra.

Com'è stato possibile ritrovarmi incinta?

– Anche io ero lí dentro? – chiedi di nuovo, il dito sempre puntato verso il pancione. Hai cinque anni e mezzo, ma parli già perfettamente. Verbi, aggettivi, avverbi, preposizioni semplici, preposizioni articolate. «Di, a, da, in, con su, per tra, fra». Andrea ti guarda orgoglioso. «Della, alla, dalla, nella, con la, sulla, per la, fra la» – è precoce, Daria, dice tuo padre, convinto sia grazie a lui se hai imparato tutto. *Nella* pancia della mamma. *Dalla* pancia della mamma.
– Com'ero quando sono uscita dalla tua pancia?

Non posso mentirti. Non posso. Allora ti dico di prendere la sediolina, quella rossa dove ti siedi quando ti racconto le fiabe e mi ascolti spalancando gli occhi, attentissima, talvolta anche arrabbiata, se dimentico un dettaglio o cambio qualcosa. «Il lupo le chiese: dove vai, Cappuccetto Rosso? Vado a portare da mangiare alla nonna malata. E cosa le porti di buono? C'è il pane caldo e il cioccolato bianco». «Ma mamma, il cioccolato non è bianco, è fondente!» «Sí, tesoro, è fondente, scusa».

Non posso mentirti. Ne ho parlato anche con Andrea, è d'accordo, è arrivato il momento. Ti dico di prendere la sediolina rossa e di sederti accanto a me. Devo dirti una cosa importante, molto piú importante delle fiabe. Forse è un po' complicata, ma tu sei una bimba intelligente e puoi capire. Tu capisci sempre tutto.

– Perché piangi, mamma?
Perché, quando tu ancora non c'eri, la mamma era persa, l'idea di non avere una bimba tutta sua non riusciva ad accettarla. Ho talmente paura di rovinare tutto che non ti ho detto ancora nulla. Non so come spiegartelo, Giada, ho paura.
– Non fa niente, mammina, – con la tua voce dolcissima, le mani piccole piccole, i tuoi occhi verdi.

– Ecco, tesoro, la verità è che tu non eri nella pancia della mamma. Cioè, sí, anche tu eri nella pancia di una mamma. Poi però questa mamma è dovuta andare via e sono arrivata io.

– Quale mamma se ne è andata via? – con i tuoi occhi verdi. Né io né Andrea abbiamo gli occhi verdi. Nessuno in famiglia ha gli occhi verdi color di giada.

– Vedi, tesoro, la mamma voleva tanto una bambina, ma non arrivava. Cosí è venuta a cercarti. È venuta in un posto dove c'erano tanti bambini senza mamma e ti ha preso con sé. E tu sei diventata la sua pulcina.

Mi fissi per alcuni istanti senza dire nulla. Nulla. E mentre mi domando se hai capito, se sei arrabbiata, cosa ti passa per la testa, ti butti tra le mie braccia.

– Ma quando sei venuta a prendermi era perché volevi una bambina o perché mi volevi bene?

19.

– E Giacomo?

Ora ci si mette anche la nonna. Dice che, quando è andato a trovarla a Matera subito dopo Natale, tuo fratello aveva i tratti del viso tirati, lo sguardo triste, opaco. Dice che mi ha telefonato apposta, Giacomo ha bisogno di me, devo piantarla di essere egoista. – Fai qualcosa, Daria. Che razza di madre sei?

– Mamma, per favore, – rispondo trascinando la voce, incerta se riagganciare o no, magari la smette. Se continua, però, riaggancio.

– Lui fa di tutto per negare. Mi ha raccontato che ha un sacco di amici e che Mario lo sta aiutando tanto. Mi ha spiegato che a casa si arrangia da solo e che cerca di non disturbarti. Ma come fa ad arrangiarsi da solo, Daria? È ancora un ragazzo.

– Mamma, non intrometterti. E poi, francamente, da quale pulpito? – Ora butto giú, se non la smette riaggancio davvero.

– Ha bisogno di te, Daria. Ascolta tua madre, che nella vita di cose ne ha viste tante e ti vuole bene!

Sbatto il telefono sul tavolo. Richiama, non rispondo. Lascio squillare a vuoto. Stacco.

Come si permette? Proprio lei, poi. Quando ero bambina non c'era mai. E quelle rare volte, era come se non ci fosse.

Ho fatto male a risponderle, è colpa mia. Dovevo ignorarla. Tanto non abbiamo nulla da dirci. Non mi ha mai capito. Non ha mai nemmeno fatto finta di provarci. Come all'epoca in cui non riuscivo a restare incinta e lei si limitava a commentare che i figli sono solo preoccupazioni, dovresti essere felice di non averne, Daria. Ogni volta che cercavo conforto o consiglio, era sempre la stessa storia. A tutti i bambini capita di avere la febbre alta, che problema vuoi che sia? Perché Giada dovrebbe essere gelosa del fratello, meglio avere qualcuno con cui giocare che restare sempre sola con la mamma, no? Perché dovresti dirle che è stata adottata?

Mia madre non mi ha mai ascoltata. E adesso è troppo tardi. Avrebbe dovuto pensarci prima. Tempo scaduto.

– Mamma, e se morissi anch'io?

Sono ancora stordita dalla telefonata quando si avvicina Giacomo.

– Se morissi anch'io?

Un pugno nello stomaco. Mi toglie il fiato, non riesco a parlare, a rispondergli.

Dice che non è vero che se la sta cavando; che nemmeno Mario riesce ad aiutarlo – sí, ci prova, certo, continua a ripetere che nessuno poteva sapere che Giada stesse cosí male, ma sbaglia, io dovevo capirlo, negli ultimi mesi era piú irrequieta del solito, perché quel giorno non l'ho chiamata? È colpa mia.

Il fiato non torna, non riesco a parlare. È mio figlio, e io non so rispondergli.

– Ricordi, l'altro giorno, quando sono uscito? – mi dice. – Tornato a casa ho vomitato. Tu mi hai chiesto che cos'avevo e io ti ho risposto che avevo bevuto troppo.

All'improvviso mi rendo conto che è sciupato, triste.
Cioè, non proprio triste, tormentato – non aver capito,
non aver fatto in tempo a intervenire, essere sopravvissu-
ti; la vita come un privilegio, nonostante vivere sia diventato un peso. *Perché io sí e lei no?* È questo che pensa tuo
fratello, Giada? È questo che intendeva tuo padre l'ultima
volta che abbiamo discusso?
    – E invece?
    – E invece non è vero niente, mamma –. Giacomo scop-
pia a piangere e mi si getta addosso, come quando da bambino, dopo che avevate litigato, veniva da me in cerca di
coccole. – Non avevo bevuto nemmeno un bicchiere d'acqua, – dice abbracciandomi stretto stretto.
    Di' a Giacomo che lui sa quello che voglio dire.

20.

Forse ho aspettato troppo prima di parlartene. Mi sembravi ancora piccola. Indifesa. E poi il dottor Onofrio continuava a ripetermi che non c'era fretta, era inutile destabilizzarti cosí presto. Ma ero io a essere piccola e indifesa. Non sapevo come fare. Ero piena di dubbi. Perché parlartene? Mica te lo ricordavi di quando ero venuta a prenderti. Persino tuo padre era pieno di dubbi. Perché rompere l'incantesimo?

Quando sei nata tu non era ancora chiaro come ci si dovesse comportare. C'era chi diceva che si dovevano informare tutti, i figli, i parenti, gli amici, le maestre, e che non parlarne significava avere un'immagine negativa dell'adozione, vergognarsi, neanche ci fosse qualcosa da nascondere. Tacere la verità significava aver paura di non essere riconosciuti come i *veri* genitori.

Ma c'era anche chi diceva che l'adozione era una nuova nascita. Si ricominciava tutto da capo, si annullava il passato. Ecco perché si poteva, anzi, si *doveva* far finta di nulla.

– Il legislatore non dà indicazioni, – mi aveva risposto Laura quando glielo avevo chiesto. – Aspetta, ti leggo la norma. Dice che negli estratti di nascita è specificato il nuovo cognome, senza alcun riferimento alla paternità o alla maternità biologica. Le annotazioni concernenti l'adozione sono scritte solo a margine dell'atto integrale di nascita.

– Scusa, Laura, non ti seguo. Che differenza c'è tra l'estratto di nascita e l'atto di nascita?

– L'estratto di nascita è quello che si richiede per certificare il proprio stato civile. Per ottenerlo basta riempire un formulario all'anagrafe o in circoscrizione. Non ci vuole niente. Lo si ottiene seduta stante. L'atto integrale di nascita, invece, è il documento originale in cui è annotato tutto, compresa l'adozione –. Poi, vedendomi impallidire, aveva cercato di rassicurarmi: – Nessuno vi ha accesso, tranquilla, salvo autorizzazione espressa del giudice.

– Quindi, se non le diciamo niente, Giada potrebbe non scoprire mai di essere stata adottata?

– Potrebbe non scoprirlo. Anche se c'è il rischio che prima o poi qualcuno glielo dica. Non si sa mai nella vita. Forse è meglio che siate tu e Andrea a prendere l'iniziativa. Dovete essere voi a decidere cosa fare. Ora la madre sei tu. Punto.

Sí, la tua mamma ero io. Punto. Che importava se non eri nata da me? Al limite era un problema mio che tu non fossi nata da me. Un problema che avevo già dimenticato, superato nel momento stesso in cui ti avevo vista e presa in braccio, quindi non era un problema.

Cioè.

Come facevo a spiegarti in che modo stessero davvero le cose?

Da piccola, al mare, frequentavo una bimba adottata. Mamma si era raccomandata con me di essere gentile e di lasciar perdere anche se la bambina mi faceva innervosire. Mi annoiava, si lamentava sempre senza motivo, e quando mi ero rotta il braccio e non potevo andare in spiaggia mi aveva detto beata te! a me il mare non piace, è mamma che mi costringe ad andarci, cosí le avevo dato della cretina, lei aveva cominciato a piagnucolare, era andata dalla madre, la madre lo aveva riferito alla mia, in punizione per tre giorni, senza hula-hoop e senza gelato.

«Devi essere gentile con lei, Daria, è stata adottata».

«Che vuol dire adottata?»

«Che sua mamma, in realtà, non è sua mamma».

«E sua mamma dov'è?»

«Sua mamma se n'è andata via quando lei è nata».

«E dove?»

«Non lo so».

«Ma lei lo sa che sua mamma non è sua mamma?»

«Adesso basta con queste domande, Daria».

Mi era sembrata strana la storia della mamma che non era la mamma. Ma non avevo detto niente. Ed ero stata gentile. Anche se mi annoiava proprio, quella bambina.

Forse ho aspettato troppo a parlartene. Poi, quel giorno, tu hai puntato il dito verso il mio pancione e non è stato piú possibile tacere.

Era il 1991 e avevi già cinque anni e mezzo. Anche Andrea pensava che fosse giunto il momento di dirtelo.

Allora ti ho fatto prendere la sediolina rossa e ti ho raccontato tutto.

Mi hai osservato in silenzio per alcuni istanti. Nessuna lacrima. Nessuna reazione. Perché? Non era sembrata strana anche a te la storia della mamma che non era la mamma? Non ti sei chiesta dove fosse andata la tua? Che cosa

hai capito, Giada? Non hai fatto nessuna delle domande
che mi facevano tanta paura.

Solo: «Ma quando sei venuta a prendermi era perché
volevi una bambina o perché mi volevi bene?»

21

Da stamani sono in cucina davanti ai fornelli senza concludere nulla. Mi cade a terra il caffè, rompo un bicchiere, macchio d'olio il grembiule. Oggi va tutto storto. Oggi non mi sarei dovuta alzare.

Oggi tu avresti compiuto ventisei anni, Giada.

Quando si affaccia alla porta, Andrea mi trova seduta, le ginocchia strette fra le braccia, in lacrime.

– Lo so, Daria –. Si avvicina. Prova a toccarmi un braccio. Lo scosto. Poi prende anche lui una sedia e mi resta accanto pensieroso, turbato, la fronte sulla mano.

– In nessuna lingua esiste un termine per definire i genitori che hanno perso un figlio, – dice. – Non c'è in francese, non c'è in spagnolo, non c'è in inglese, non c'è in tedesco, non c'è in russo. Non c'è nemmeno in cinese.

– Andrea, smettila, non mi interessa.

– Solo in arabo, forse, c'è una parola, – continua imperterrito. – Un termine ormai desueto, di cui però resta traccia in un racconto antico. A un certo punto un guerriero, per sfida, dice ai nemici: si faccia avanti chi vuole che stasera la moglie sia vedova, i figli orfani e la madre *thakla*.

– Ti prego, lasciami in pace.

– Solo che ormai questa parola non si usa piú. Noi siamo *vilomahed*. Viene dal sanscrito.

– Che vuoi che mi importi di un racconto in arabo o di una parola che viene dal sanscrito?

– *Vilomah* significa disordine, caos. Letteralmente, «contro l'ordine naturale» –. Tuo padre non demorde, ma che gli prende?

– Andrea, ora basta!

Mi alzo. Non possiamo litigare oggi, oggi no.

– Aspetta un attimo, Daria. Non andartene, per favore. Ascolta. È come il nostro dolore. Con la morte di Giada, è il nostro ordine che si è rotto, l'ordine naturale delle cose.

La voce gli si spezza. Mi fermo. Torno indietro. Dopo giorni di assenza, lo guardo.

– Vedi, Daria, le parole servono per mettere ordine nel mondo e diminuire la quantità di sofferenza che c'è negli esseri umani. È per questo che te ne parlo.

Si interrompe.

– Ti ascolto, Andrea, continua, scusa, ora ti ascolto.

– C'è chi sostiene che il linguaggio sia nato proprio per esprimere il dolore. Finché non si trovano le parole per dirlo, finché non lo si nomina, il dolore devasta. Ci vuole una parola, anche una sola, per riuscire a dare una forma a ciò che si prova.

Andrea sussulta.

Mi avvicino e gli faccio una carezza. È la prima volta che ci riesco dopo la telefonata di Paolo quel venerdì sera.

– Se mancano le parole per nominare qualcosa, vuol dire che quel qualcosa non è a fuoco, forse non esiste nemmeno. Oppure non dovrebbe esistere. Come la morte di un figlio.

Se il confine tra la forza e la debolezza fosse una linea da tracciare tra lo spazio e il tempo, se la lontananza da quella linea dipendesse dall'intensità del dolore, più vicino alla debolezza, più lontano dalla forza, se quella linea mi attraver-

sasse il cuore, come la notte che riesce a cancellare i colori e
le forme, non ci sarebbe piú differenza tra il cielo e la terra.
Il cuore si è spaccato e non esiste piú nessuna barriera tra
me e l'abisso. L'intensità del dolore continua a sovrastare
la forza. E non c'è pietà sufficiente a dire la pena.

  Giada, non vedi che anche tuo padre è distrutto? Perché ci hai abbandonato?

22.

– C'era una volta mamma anatra che aveva iniziato la cova. Era impaziente di vedere i suoi piccoli. E fu felicissima quando i gusci delle uova cominciarono a scricchiolare lasciando uscire alcuni adorabili anatroccoli. *Pip! Pip! Pip!* Sei venuta a sederti accanto a me, e mi hai chiesto di raccontarti una fiaba, una nuova, però, mamma, non sempre *Cappuccetto Rosso* o *Cenerentola*.

– *Pip! Pip! Pip!* I piccolini urlavano a squarciagola. Ma mamma anatra non aveva finito di covare. C'era un uovo ancora chiuso che tardava ad aprirsi. Tardava. Tardava. Tardava. Mentre gli anatroccoli strepitavano per andare a nuotare nel laghetto.

– E perché l'uovo non si apre, mamma?

Fai sempre cosí di fronte a una fiaba nuova, vuoi subito capire tutto, non vuoi aspettare, non hai pazienza.

– L'uovo tardava, tardava, tardava. Poi, un giorno, anche l'ultimo guscio si rompe. Ed esce fuori un anatroccolo strano, diverso dagli altri, piú grande. Un anatroccolo tutto grigio e brutto.

– E perché l'anatroccolo è tutto grigio e brutto? – mi chiedi spalancando gli occhi. Questa volta non è l'impazienza, però. È diverso. Cos'è?

– Quando mamma anatra presenta gli anatroccoli al resto della famiglia, nonna anatra la guarda perplessa e le dice: «Che ci fa questo brutto anatroccolo con gli altri?»

– Povero anatroccolo! Ma, mamma, perché è tutto grigio? Mi fissi allarmata.

– Povero anatroccolo, sí. Anche perché, col passare del tempo, gli altri cominciano a maltrattarlo. Lo prendono in giro. Gli dànno i calci. Gliene fanno di tutti i colori. Sono talmente cattivi che un giorno l'anatroccolo decide di scappare. Ma ormai anche lui pensa di essere cosí brutto che nessuno potrà mai volergli bene.

Scatti in piedi. – Mamma, questa fiaba non mi piace.

– Aspetta, tesoro, non è ancora finita.

– E come finisce?

– Finisce che un giorno, dopo aver tanto sofferto, il brutto anatroccolo incontra una mamma cigno con i suoi piccoli. E questa mamma cigno lo accarezza con il becco e gli dice che è bellissimo.

– Ma allora non era brutto! – D'un tratto ti si illumina lo sguardo.

– No, pulcina, il brutto anatroccolo in realtà è un bellissimo cigno, solo che non lo sa. Poi però trova la mamma che gli vuole tanto tanto bene, e può finalmente vivere felice e contento.

– E perché non è subito con mamma cigno?

Di nuovo impaziente. Cioè. Impaziente, sí, ma non solo. A cosa pensi, Giada?

– Talvolta ci si confonde con le uova.

– Perché ci si confonde con le uova?

– Perché le uova all'inizio sembrano tutte uguali. Dentro ci sono anatroccoli, pulcini e paperottoli, ma dall'esterno nessuno li distingue. Poi, dopo che sono nati, i piccoli trovano ognuno la propria mamma.

Rimani a lungo in silenzio; finché, con un tono triste, dici: – Anche io ero una brutta anatroccola, mamma?

– Ma no, tesoro, che dici? Tu eri bellissima.

– E allora perché l'altra mamma non mi ha voluta con sé? Mi si spezza il cuore. Non so che dirti. Ti stringo forte al pancione e ti sussurro all'orecchio che ti voglio tanto bene. Ti accarezzo la testolina e cambio discorso: – Cosa vuoi mangiare stasera a cena, tesoro? La mamma ti fa l'uovo alla coque o preferisci il prosciutto con il purè di patate?

Vado a prendere il Das per farti giocare – ti ho insegnato che, per non farlo seccare subito, bisogna lavorarlo in fretta, con le mani sempre in movimento, sennò poi è difficile colorarlo, Giada, le palline si screpolano, la mamma ora ti dice un segreto, se si colora il Das quando è ancora bagnato, la tinta non si rovina, dài, prendiamo le tempere, facciamolo insieme, preferisci il celeste o il magenta?

E se non è il Das, è il pongo – perché non facciamo una bella farfallina, Giada, sai quella con le due palline blu e le due palline arancioni, poi aggiungiamo le quattro palline piú piccole gialle, poi finiamo con le palline piccolissime fucsia, che ne pensi, facciamo cosí?

E se non è il pongo, è il *coloriage* – per spiegarti i colori ti ho raccontato che, tanti anni fa, un signore chiamato Isaac Newton ha scoperto che la luce bianca, in realtà, non è bianca, ma il risultato di tutti i colori dell'arcobaleno: il rosso, l'arancione, il giallo, il verde, il blu e il violetto; il rosso, l'arancione e il giallo sono colori caldi, ci fanno pensare alla luce del sole; il verde, il blu e il violetto sono colori freddi e ci fanno pensare al mare; se prendiamo un pizzico di bianco e diluiamo il blu, abbiamo l'azzurro e il celeste, e cosí via, fino a ottenere tutte le sfumature del mondo.

Cambio discorso e vado a prenderti il Das; e se non è il Das è il pongo; e se non è il pongo, è il *coloriage*.

Oppure il Lego.

Oppure le perline.

23.

Andrea ha parlato con Carla e le ha chiesto di venire a trovarmi. «L'ho invitata oggi pomeriggio a prendere un tè, Daria. Penso possa farti bene scambiare due chiacchiere». «Io penso di no». «Ma è la tua migliore amica, è preoccupata, sono preoccupato anch'io». Non ne ho voglia, Giada. Però sí, è la mia migliore amica, e sono settimane che la evito. In fondo è solo per un tè, giusto un'ora, al massimo due, poi se c'è Andrea è piú facile, parlano loro, ecco, sí, li lascio conversare.

Sto sbirciando l'orologio quando Carla poggia la tazza sul tavolino, intreccia le mani, respira come per darsi coraggio. Me ne accorgo, faccio finta di niente. Dico non c'è piú tè, vado in cucina a scaldare l'acqua. Andrea mi blocca, Daria, ci penso io, cosí restate tranquille, credo ci sia una cosa di cui Carla vuole parlarti. Provo a protestare ma Carla ne approfitta per prendere la parola, e Andrea scompare.

– Senti, Daria. Ho scoperto che esistono gruppi di ascolto e di condivisione per i genitori che hanno perso un figlio. Rabbrividisco.

– Mi sono informata. Sono i gruppi Ama, gruppi di auto-mutuo-aiuto. A Roma ce n'è uno proprio vicino a casa mia. Si incontrano ogni sabato mattina alle dieci.

Una fitta al cuore.

– Me ne ha parlato un amico di mio marito, – continua
Carla. – La sorella, Gianna, ha perso un figlio e ormai sono dieci anni che partecipa al gruppo. Era devastata. Oggi
sta meglio.

– Non mi interessa, Carla –. Come le è venuto in mente? E Andrea, come può anche solo immaginare che mi in-
teressi questa roba?

– Gianna ha seguito un corso di formazione e adesso è
anche animatrice, credo si dica cosí, animatrice o coordi-
natrice, non ricordo esattamente.

– Io non voglio stare meglio, – la interrompo pensando
che ora ci manca pure il gruppo di condivisione, neanche il
dolore si potesse davvero condividere. Una madre non può,
non deve. Per un fratello è diverso, se Giacomo ha bisogno
di partecipare a un gruppo di auto-mutuo-aiuto magari gliene
parlo. Oppure Andrea: se ne ha discusso con Carla, forse è
lui che vuole andarci. O Paolo, per farsi una vita nuova, poi
magari ce l'ha già, non so nemmeno come stia, non lo sento
dal giorno del tuo funerale, è vero che non l'ho mai chiamato, non ne ho mai avuto la forza, ma lui perché non si è piú
fatto vivo? Nemmeno Alessandra sa che fine ha fatto. Come si può scomparire cosí e fregarsene di noi, i genitori della sua ragazza? Era sempre qui, la sera a cena, le discussioni
con Giacomo e Andrea, buona questa pasta, Daria. Certo, al
funerale io non l'ho degnato di uno sguardo, ma lui non si è
fatto sentire neppure il 6 gennaio, il giorno del tuo compleanno – che cosa ti aveva fatto quel venerdí sera, Giada?
Di' a Paolo che in fondo non c'entra niente.

Carla è convinta che parlare con chi ha vissuto la mia stessa
esperienza ed è in grado di capirmi sia indispensabile.

– Nessuno può capirmi. E nessuno deve permettersi di darmi consigli –. Sono furiosa, Carla se ne accorge, perché continua?

– Guarda che non si tratta di dare consigli o di offrire soluzioni. Il gruppo, Gianna è stata chiarissima, è solo uno spazio di parola dove ognuno può riconoscersi nel dolore degli altri, nella loro stessa impotenza. Tutti quelli che partecipano alle riunioni hanno subìto la perdita di un figlio o di una figlia, sono tutti nelle tue stesse condizioni.

– Che stai dicendo? – Che sta dicendo, Giada. Non siamo tutti nelle stesse condizioni. Tu non sei solo morta, tu ti sei suicidata. E Carla lo sa. Perché finge che non sia importante? Perché finge di volermi aiutare anziché punire?

Andrea torna in salone con la teiera. Gli lancio uno sguardo severo. Lui e Carla si sono senz'altro messi d'accordo.

– Prova, vacci almeno una volta. Se poi non ti serve, puoi sempre lasciar perdere, – insiste Carla.

– Penso che Carla abbia ragione, – dice Andrea, ignorando il mio sguardo di rimprovero.

– Si chiama Gianna, – dice Carla.

– Me lo hai già detto, – le rispondo.

– Le ho parlato di te. È pronta a incontrarti e a farti entrare nel gruppo.

– Non voglio entrare da nessuna parte –. Oppure no, adesso non ricordo bene cosa le ho detto, «non voglio entrare da nessuna parte», oppure «ti odio», è piú probabile che le abbia detto «non voglio entrare da nessuna parte», ma volevo dirle «ti odio», Giada, non la sopportavo piú.

Carla si alza di scatto. – Che cosa vuoi fare allora? Impazzire di dolore? Ammazzarti anche tu? È questo che vuoi, Daria?

Andrea la guarda incredulo: – Carla, che dici?

– No, Andrea, ha ragione.

L'ho pensato, volevo uccidermi, sai, figlia mia? Ma come avrebbero fatto Giacomo e Andrea senza di me? Anche tu dovevi pensare a tuo padre e a tuo fratello quando sentivi che non riuscivi ad andare piú avanti, avresti dovuto, Giada, come hai potuto dimenticarti di noi. Di me?

24.

Quando nasce tuo fratello hai appena sei anni e smetti di dormire.

La sera mi vuoi sempre accanto. C'è la preghierina, quella della bimba buona, buona, buona, e della nanna lunga, lunga, lunga, c'è *Gesú bambino tienila stretta tienila forte fino a domani*, c'è la madonnina che deve far stare bene te, Giacomo, la mamma, il papà e la nonna, c'è l'angelo custode e *la pietà celeste amen*, c'è l'angioletto azzurro e l'angioletto viola, l'angioletto indaco e l'angioletto color di cane quando fugge – questa dell'angioletto color cane che fugge l'ha tirata fuori Andrea, sai com'è lui con i colori, Giada, non li conosce e non gli interessano, snobba le gradazioni e preferisce le tinte inesistenti, carina però questa cosa del cane che fugge, chissà che colore è?

Alla fine, anche tu ti addormenti. Ma di notte ti sento urlare. Mi sveglio di soprassalto e corro da te in preda all'angoscia.

– No, tesoro, non c'è nessun uomo nero, te lo giuro. No, tesoro, neanche dietro la tenda, non c'è nessuno, veramente. La mamma è qui. Non se ne va via, promesso. E se arriva l'uomo nero, la mamma lo caccia. Certo che lo caccia. Non c'è bisogno di chiedere a papà di venire, papà sta dormendo, Giada, la mamma ce la fa da sola a cacciare l'uomo nero, stai tranquilla.

Che cosa sta succedendo?
Non dovevo dirti nulla, lo sapevo. Andrea ripete che è
normale – succede a tutti i bambini di essere gelosi quando nasce un fratellino o una sorellina, Daria, calmati ora,
come che ne so io? Adesso esageri, nemmeno tu hai avuto
un fratello, lasciala stare, dài – ma io so che non dovevo
dirti la verità.

– La luce no, tesoro. Altrimenti svegliamo Giacomo.
C'è l'orsacchiotto bianco, ti protegge lui.
– No, mamma, non voglio l'orsacchiotto, voglio te.
– E io sono qui, Giada. Sono qui, non mi muovo.
Pian piano ti calmi. Stai per addormentarti. Sei di nuo-
vo serena.
Poi Giacomo scoppia a piangere e devo cullarlo. Nem-
meno faccio in tempo ad avvicinami al suo lettino che tu
hai già buttato a terra l'orsacchiotto bianco e ricomincia-
to a piangere.
«Ma quando sei venuta a prendermi era perché volevi
una bambina o perché mi volevi bene?»

25.

– Gianna?
– Sí?
– Sono Daria. L'amica di Carla.
Una settimana dopo quel brutto pomeriggio, cedo e telefono a Gianna. Non perché pensi di andare a quelle riunioni. Solo cosí. Tanto per dire a Carla che l'ho fatto. Tanto per dirlo ad Andrea.
– Ciao, Daria –. Un tono dolce. – Aspettavo la tua telefonata –. Un tono sereno.
– Il momento peggiore è la mattina –. Mi esce cosí e mi sorprendo da sola. – Per qualche istante mi sembra che sia stato solo un incubo. Poi il dolore torna. Come una voragine.
– È sempre una voragine. Anche dopo tanti anni. Ne sono passati dieci da quando è morto mio figlio e la sofferenza non cessa –. Un tono dolce. Sereno. Pacato.
– Allora a che serve riunirsi?
Sapevo che non avrei dovuto chiamare.
– Perché il nostro è un ambiente protetto. Siamo tra di noi, ci siamo passati tutti, siamo stati amputati di un pezzo della nostra vita. Tutti naufraghi e consapevoli del fatto che le parole di consolazione di chi non sa che cosa significhi sono vuote e senza senso. È una stanza speciale dove si può dire qualunque cosa.
– Ma io non ho nulla da dire.
– Neanch'io, all'inizio, volevo andarci, e quando ci an-

davo, mi arrabbiavo. Mi sembrava assurdo stare lí ad ascoltare altra sofferenza che si aggiungeva alla mia. Per mesi non ho detto niente. Che c'era da dire? Che neanch'io riuscivo piú a cucinare o fare la spesa? Che neanch'io avevo piú voglia di fare nulla? Che anch'io ero depressa? – Un tono pacato. Che nemmeno le mie resistenze riescono a intaccare.

– E poi?

– Poi ho capito che col tempo il dolore cambia. Certo, resta, è sempre lí. Però pian piano si impara a conviverci. A tratti capita persino di dimenticarselo.

– Ma io non voglio dimenticarlo! – un sibilo. – Giada era tutta la mia vita, – un rantolo. – Il primo pensiero al mattino e l'ultimo della sera.

– Anche Lucio era tutta la mia vita.

– E quindi?

– E quindi, nonostante tutto, ce la fai. Anche se i primi tempi ti sembra impossibile, si impara ad andare avanti tutti insieme.

– Ogni sera mi metto sul balcone e aspetto. Guardo la strada. Guardo la sbarra in fondo alla via. Guardo i lampioni. Lo so che Giada non torna. Ma io la aspetto lo stesso. Come quando era bambina.

– Daria, non c'è solo il *prima*. C'è anche il *dopo*.

– È questo il punto, Gianna. A me del *dopo* non importa nulla –. Se ci fosse un *dopo*, sarei una madre indegna.

– Ti mando del materiale. Leggilo con calma prima di decidere. Promettimi solo di guardarlo.

26.

– Mi sono sempre chiamata Giada? – La voce squillante. Lo sguardo incerto.
Hai da poco compiuto otto anni e sei in seconda elementare. Con tuo padre abbiamo deciso di non farti cominciare la scuola anticipatamente. Perché avere fretta? Hai davanti una vita intera. E poi sei già tanto precoce, tutte quelle parole che hai imparato senza sforzo e che piovono a dirotto quando mamma e papà ti fanno una domanda, castello, porta, angelo, scarpa, chiave, rosa, viola, azzurro. «Mamma, ma tutte le cose hanno un nome?» E io incantata, perché dopo i nomi ci sono stati i pronomi, e dopo i pronomi, le congiunzioni, e dopo le congiunzioni, i verbi, e dopo i verbi, gli avverbi. «Qual è l'avverbio o l'espressione verbale che non c'entra se dico: abbastanza, moltissimo, un po', tanto, troppo, presto?» ti chiede Andrea, per metterti alla prova. E tu subito: «Presto». «Qual è il plurale femminile di: il gatto di Bruno è piccolo, nero e intelligente?» ti chiedo leggendo l'esercizio nel sussidiario, dopo aver consultato tuo padre, temevo fosse troppo difficile per la tua età. E tu, senza esitare: «Le gatte di Bruno sono piccole, nere e intelligenti». «Deve aver preso dal papà», commenta Andrea sorridendomi. «Stupido», rispondo io facendogli una carezza. Mentre tu, come fosse una filastrocca, elenchi ogni sorta di avverbio: *ora, quando, mai, molto, poco, dopo, sopra, sotto, altrove, neanche, nemmeno, spesso.* Siamo felici, no?

– Mamma? – La voce incerta. Lo sguardo squillante. Hai da poco compiuto otto anni. Centoventi centimetri e venti chili. Il dottor Onofrio continua a dire che sei piccola per la tua età e che, se io fossi meno ansiosa, tu forse mangeresti di piú. Ha ragione, dottore, ma io ci provo, sa? E poi non sei cosí piccola. Quando papà ti chiede se preferisci essere una «bimba piccola» o una «signorina grande», rispondi sempre una «signorina grande».

– Mamma!– Sguardo severo. Voce severa.
È dalle vacanze di Natale che va avanti questa storia. Da quando la maestra vi ha promesso che i compiti per le vacanze, quest'anno, sarebbero stati piú divertenti di un gioco. «Cercate di ricostruire la vostra storia. Fatelo con la mamma e il papà. Fatelo con i nonni, – vi ha detto. – Foto, disegni, interviste. Com'era quando erano piccoli loro?» ha aggiunto, prima di farvi gli auguri e mandarvi tutti a casa.
E ora che faccio? che facciamo, mamma?, mi hai chiesto rientrando da scuola con il broncio, il quaderno aperto sull'ultima pagina. RICORDATE, c'è scritto in stampatello, con quella scrittura precisa precisa che mi riempie di tenerezza, «il certificato di nascita fornisce informazioni importanti su ognuno di voi: chi sono? Dove sono nato? Chi sono i miei genitori?» Ma questa è proprio deficiente, ho pensato. «I tuoi genitori ti hanno desiderato e tu sei nato. Anche i tuoi nonni fanno parte del tuo passato e della tua storia, e sono importanti per te. Compila il tuo albero genealogico con il nome dei componenti della tua famiglia». Adesso ci parlo io, con la maestra, mi sono detta, subito prima di sorriderti, che problema c'è? mettiamo papà, mamma, Giacomo e i nonni, no? facciamo come tutti gli altri bambini, papà Andrea, mamma Daria, il fratellino Giacomo e i nonni.

E la mamma della pancia?, mi hai chiesto perplessa, dove la mettiamo quella?

– Mamma, mi ascolti?
– Sí, hai ragione, scusa. Il tuo nome... Diciamo che, per la tua mamma, sei sempre stata Giada.
– Sempre sempre?
– Da quando mamma è venuta a prenderti dalle suore.
– E prima?
Prima era prima, tesoro. Prima era quando aspettavo che il tribunale mi chiamasse. Prima era quando temevo che l'abbinamento non si facesse mai.
– Mamma?
– Amelia, pulcina. Prima il tuo nome era Amelia.
– Amelia come la nonna?
– Già. Amelia come nonna Amelia.
– E allora perché me lo hai cambiato?

27

Sono due giorni che non faccio altro che guardare le foto, una per una, mi ricordo tutto, tesoro, ogni istante, mi sembra di esserci di nuovo, tu piccola piccola nello scialle di lana rosa, la prima candelina, il primo giorno di scuola, il cappottino blu e la sciarpa azzurra, il vestitino di pizzo sangallo bianco e quello rosso estivo, con il corpetto arricciato a nido d'ape che ti aveva regalato Carla quando avevi compiuto cinque anni.

Ce n'è una in cui sei con Giacomo, è carnevale, lui ha appena compiuto quattro anni, tu ne hai dieci, lui fa l'indiano, tu sei una hawaiana, lui con i pantaloni azzurri bordati di piume, tu con la calzamaglia nera e la collana di fiori. Lui con le guance paffute – ma quanto mangia questo bambino, ha sempre fame! – tu con i lacrimoni – ti ho rimproverato perché ti sei appesa a un festone e stava per cadere, ma non c'è motivo di farne una tragedia.

Anche in quest'altra foto hai gli occhi pieni di lacrime. Vestita di tutto punto, sei accovacciata e piangi. Papà ti aveva sgridato perché avevi dato una spinta a tuo fratello, che era finito a terra. E tu a dire che non l'avevi fatto apposta e che comunque Giacomo non si era fatto niente, anzi rideva.

Giacomo ti ha sempre adorata.

Ti ricordi quando in prima elementare ti aveva scritto quella letterina in cui diceva che sareste stati sempre ami-

ci? E tu gli avevi detto che non capiva niente, non eravate mica amici, voi due, eravate fratello e sorella. Sempre
con quel tono da maestrina. Una specie di Signorina Rottenmeier – Giacomo, non pensi anche tu che Giada le as-
somigli, avevo detto mentre guardavamo insieme *Heidi*,
tutti e tre davanti al televisore, e a un certo punto era arrivata la Rottenmeier e aveva urlato: «Non mi piace che
parli con la servitú, Heidi, non sta bene; da quando in qua
ci si arrampica sul tavolo, Heidi? Comportati come una
bambina buona ed educata, Heidi», mentre tu stavi urlando a Giacomo di smetterla di sbriciolare i biscotti sul
divano. – Altro che signorina Rottenmeier, – mi avevi risposto furibonda. – Se fossi stata io a fare questo macel-
lo, mi avresti sgridato tantissimo, ma siccome è Giacomo,
allora niente, vero?
    Però eravate inseparabili, tu e tuo fratello. Guai a chi te
lo toccava. Guai a chi gli diceva qualcosa. Solo tu potevi
trattarlo male. Gli altri non dovevano permettersi. Anche
quando faceva la peste e la maestra lo rimandava a casa
con una nota. «La maestra continua a paragonarlo a me,
ma lui è diverso, non è mica me!»

    Una volta Giacomo tornò a casa sconsolato e ti raccon-
tò che la maestra, rimproverandolo per il quaderno in disordine, gli aveva detto: – Non sembri quasi il fratello di
Giada –. E lui le aveva risposto che infatti non eri veramente sua sorella. E lei: – Ora esageri sul serio, smettila
di fare il pagliaccio! – Tu volevi che andassi dalla maestra
per darle della deficiente.
    Eri paonazza.
    All'improvviso, fuori di te dalla rabbia.

28.

A cinque anni sai già fare un puzzle da duecentocinquanta pezzi. Carla ha detto che secondo lei eri troppo piccola, ma Andrea era convinto che ci saresti riuscita senza difficoltà. – È precisa. È sveglia. Ti pare che non ci riesce? All'inizio hai guardato tuo padre perplessa. Circondato da quei pezzi di cartone colorato, doveva sembrarti un matto. – Vedi, Giada, dobbiamo ricomporre il disegno che c'è sulla scatola. Prima separiamo i pezzi per colore. Poi cerchiamo gli incastri. Tutto chiaro? Non so se fosse davvero tutto chiaro. Fatto sta che lo hai osservato con attenzione, concentrata – era sempre cosí quando facevi qualcosa per la prima volta – poi ti si è illuminato lo sguardo e hai cominciato anche tu a dividere: da un lato i pezzi azzurri, dall'altro quelli rossi; da un lato quelli verdi, dall'altro quelli gialli. Era un disegno del Piccolo Principe che a te piaceva tanto. Ricordi, tesoro? Quello del principe con la spada che si staglia nel cielo. Quello con le stelle gialle e il manto rosso e verde. Quello con il pianeta giallo in fondo a destra.

– Ogni pezzo si porta dietro il colore e la posizione, – diceva Andrea. – È come nelle fiabe, Giada. Dove ogni parola è carica di senso e si porta dietro la forza della narrazione.

– Andrea, ti prego, lasciala tranquilla, è ancora una bambina, che c'entra ora la forza della narrazione?

E tu, ubbidiente, a cercare colori e posizioni. Fino alla gioia.

– Guarda, mamma, è proprio come il disegno sulla scatola.

– Sí, tesoro, è bellissimo, sei stata proprio brava!

Da allora non hai piú smesso. Cinquecento pezzi. Mille
pezzi. Cinquemila pezzi. Diecimila pezzi. Quando incastri
un pezzo nell'altro, è come se tra le tue mani prendesse
forma un nuovo mondo.

Ti metti lí e non vuoi essere disturbata da nessuno prima di aver finito. Ti metti lí e studi gli angoli e i bordi, i
colori e le sfumature. Ti metti lí, e se per caso c'è un pezzo
che non trovi o che manca vai su tutte le furie.

– Non è possibile, – dici. – Deve pur essere da qualche
parte, – urli. – E ora come faccio a finirlo? Come faccio
a incorniciarlo?

Un giorno – ormai devi avere undici, dodici anni – ti trovo intenta a ritagliare il coperchio di una scatola di cartone.

– Devo farlo bene. Altrimenti non serve a niente. È
inutile.

– Cosa, tesoro? – chiedo distratta.

– Sto costruendo il pezzo che manca. Giacomo lo ha
perso l'altro giorno, e quando perde una cosa lui poi non
si trova piú. Tra Lego, soldatini, matite e chiodini colorati, nella sua stanza è un casino...

– Tesoro, non si dice casino, quante volte te lo devo ripetere?

– Sí, mamma, va bene, non si dice casino, ma allora come si dice quando nella stanza di Giacomo ci sono tutti i
pezzi di Lego sparpagliati e i colori per terra e le mutande
sporche sotto il letto? Comunque, casino a parte, ho pensato che invece di cercarlo, tanto chissà dov'è finito, faccio prima a fabbricarne uno nuovo. Mamma, mi ascolti?

Non sopporti che non ti stia ad ascoltare con attenzione.
– Sí, Giada, scusa, ti ascolto, continua pure.
– Stavo dicendo che, invece di cercare ovunque questo pezzo, ho pensato di fabbricarne uno nuovo. Vedi, mamma? Basta mettere il puzzle finito sopra un cartoncino, disegnare i contorni del pezzo che manca e ritagliarlo. Ci siamo quasi. Ora ci incollo dietro un altro cartoncino per dargli spessore ed è fatta. Lo so che il colore non è proprio lo stesso, ma almeno cosí il puzzle è intero. Non ci sono piú buchi.
Gli occhi raggianti.
– A proposito di Giacomo, dov'è? Che fine ha fatto, tesoro?
– No, lui ora no! Altrimenti rovina tutto e resto senza pezzo.
– Quanto la fai lunga.
– Perché non capisci? Senza pezzo, il puzzle non si finisce. E questo non è possibile. C'è un buco. Questa cosa mi fa impazzire.
E io a guardarti stupita. Perché ti fa impazzire un piccolo buco?

29.

– Sono Daria e ho perso mia figlia.
– Ciao, Daria.

Alla fine chiamo Gianna e le dico che va bene, ci provo, vengo almeno a vedere.
Chiamo Gianna. Ma le dico subito che non prometto nulla. Che posso anche andarci una volta e mai piú. Chiamo Gianna e le dico che lo faccio per Giacomo. Lo faccio soprattutto per lui.

Ho scorso il materiale sul gruppo di auto-mutuo-aiuto che mi è arrivato, e una frase mi ha colpito. Non ho letto tutto, anzi. Troppe informazioni. Troppi buoni propositi. Decisamente troppa roba. Ma una frase mi ha colpito: «Qui posso dire sempre le stesse cose senza sentirmi in colpa». Lo diceva una donna, spiegando che nel gruppo era come se fosse finalmente a casa. «Qui siamo tutti uguali, tutti orfani di figli speciali, – raccontava. – Anche se c'è chi mangia troppo e chi digiuna, chi si ubriaca e chi si affida alla fede, chi si lava e chi invece no, qui siamo uguali. Qui posso dire sempre le stesse cose. Perché sono sempre le stesse, le cose che dico. E con gli altri non posso farlo».
«Già, – ho pensato leggendo, – sempre le stesse cose».

– Sono Daria e ho perso mia figlia.
– Ciao, Daria.

Quando arrivo in via Damiano Chiesa e salgo al terzo piano, mi ritrovo in un appartamento anni Cinquanta con una grande sala centrale, una cucina e un bagno. Nella stanza c'è un tavolo rettangolare. Attorno al tavolo, molte sedie. Sulle sedie, una quindicina di persone. Hanno tutte perso un figlio o una figlia. Prendono tutte la parola.

Gianna mi spiega che qui non esiste né «tu» né «loro» né «gente». I valori fondanti del gruppo sono il rispetto, la riservatezza e la condivisione. Durante la riunione ognuno si presenta e parla del proprio lutto. E all'inizio può anche essere sconcertante, perché è una sequenza senza fine di nomi e di dolore.

– Sono Federico e ho perso un figlio.
– Ciao, Federico.
– Sono Chiara e ho perso una figlia.
– Ciao, Chiara.
– Sono Giuseppe e ho perso la mia bambina.
– Ciao, Giuseppe.
E poi c'è Adele, c'è Davide, c'è Marianna, c'è Filippo, c'è Nicoletta, c'è Matteo, c'è Assunta, c'è Stefano, c'è Giovanni, c'è Camilla, c'è Alfredo, c'è Tiziana. Ci sono avvocati, commesse, medici, professori, carabinieri, farmaciste, parrucchieri, segretarie.

– Per rompere la solitudine e il silenzio con cui si vive il lutto, – mi dice Gianna, – fino a che qualcosa non si muove dentro. La forza è nel gruppo. Ecco perché è importante frequentare in modo continuativo, essere puntuali, comunicare eventuali assenze.

– Sono Daria e ho perso mia figlia.
– Ciao, Daria.
– Giada aveva venticinque anni e si è suicidata.
Non riesco a dire altro. D'un tratto mi sento nuda. D'un tratto ho solo voglia di andar via.
Perché mi fissano? Che cosa stanno pensando?
Loro hanno una bambina morta di cancro o un figlio investito da una macchina, una ragazza deceduta durante il parto o un giovane stroncato da un ictus. Loro non hanno una figlia che si è ammazzata. Loro non c'entrano niente con quello che è successo. Loro non sono responsabili.
Io sí.
Loro sono vittime innocenti. Non hanno colpa.
Perché mi fissano? Che cosa stanno pensando?
Hanno ragione. Ha ragione tutta quella gente che mi guarda pensando che non potevo non essermene accorta, che c'erano stati senz'altro dei segnali, che non capita cosí, per caso, che una figlia si suicidi, c'erano problemi in famiglia, un'infanzia difficile, un dolore profondo.
Hanno ragione loro.
Gianna mi ha detto che qui non esiste né «loro» né «tu» né «gente». Sto già infrangendo le regole.
Ma *loro* prima o poi mi diranno che è colpa mia. Non possono non pensare che sia colpa mia.
Che ci sto a fare qui? Perché sono venuta?
– Grazie, Daria –. È un coro che risponde. Mentre il mio sguardo precipita a terra e gli occhi si riempiono di lacrime, Gianna sussurra che ci sono passati tutti, Adele mi porge un fazzoletto di carta, Giovanni mi sorride, Tiziana mi appoggia una mano sulla spalla.

– Qui nessuno ha niente da rimproverare a nessuno, – mi spiega Gianna. – Qui si impara pian piano che la soluzione si trova in sé stessi, rispecchiandosi negli altri e accettando la solidarietà altrui.

Il figlio di Federico, Piero, aveva undici anni quando è morto. Oggi ne avrebbe sedici. Federico ci ha pensato l'altro giorno, dopo aver incontrato un ex compagno di classe di Piero. All'inizio non l'aveva riconosciuto. – Sono passati cinque anni. Se ci fosse ancora, anche Piero avrebbe i brufoli? Sarebbe diventato cosí alto? Avrebbe iniziato a fumare anche lui? – Federico abbassa gli occhi commosso. Poi aggiunge sottovoce: – Avrebbe anche lui una Vespa rossa?

– Grazie, Federico, – rispondono tutti insieme. Non lo sa nessuno se Piero avrebbe avuto o meno i brufoli, se avrebbe fumato oppure no, se avrebbe guidato una Vespa o avrebbe preferito muoversi in bicicletta.

– Angela aveva una Vespa rossa, – dice a un certo punto Chiara, rompendo il silenzio religioso che segue le parole di Federico. – Era in Vespa quando ha avuto l'incidente. Non riesco ancora a perdonarmi il fatto di aver ceduto, di non aver dato retta al padre che non ne voleva nemmeno sentir parlare, di comprarle un motorino. Non me lo dice, ma so che non mi perdonerà mai.

– No, Chiara, – interviene Federico. – Se Piero l'avesse voluta, gliel'avrei regalata anch'io. Tu non c'entri con quello che è successo. Non c'entri niente.

Chiara racconta che ieri ha visitato un'anziana signora che ha perso il figlio prima che Angela avesse l'incidente. È in una casa di riposo, non la vedeva da parecchio tempo. Quando le ha chiesto come stesse e se i figli andassero a trovarla, lei ha detto di sí. «Vengono tutti ogni settimana, anche Francesco. Francesco, però, viene di nascosto. In Comune fingono che sia morto».

Chiara spiega che la signora non ci sta piú tanto con la testa. Che in questo modo si protegge dal dolore. E che pure lei vorrebbe non starci piú con la testa. Almeno non penserebbe a quella camera d'ospedale, alle parole del medico: sebbene il cuore di Angela continui a battere, sua figlia se ne è andata via per sempre. È in stato di morte cerebrale, cosí ha detto il dottore, anche se il cuore batte, sua figlia è deceduta. Ma come si fa a dire che una persona è morta se il cuore batte? – Chiara continua a pensare che non avrebbe dovuto lasciarsi intimidire dal medico, avrebbe dovuto insistere, Angela si sarebbe risvegliata e sarebbero tornate a casa insieme.

Non si dà pace. Come ha potuto dire di sí all'espianto degli organi della sua bambina? Persino gli occhi, le hanno preso anche quelli.

– Grazie, Chiara, – rispondono ancora una volta tutti insieme, e pensano alla Vespa rossa che forse avrebbe guidato Piero, al cuore di Angela che quella notte in ospedale batteva ancora.

– Ci sono persone che oggi vivono grazie ad Angela, – dice Giuseppe. – Conosco una ragazza che era in lista di attesa per un trapianto e che sarebbe morta se non ci fosse stato un cuore arrivato all'improvviso da Bari, se una madre come te, Chiara, non avesse accettato di donare gli organi del figlio. Sei stata generosa. Oggi qualcuno vive anche grazie alla tua scelta.

– Angela è senz'altro fiera della sua mamma, – commenta Adele, frugando nella borsa alla ricerca di un fazzoletto di carta.

– Ma perché hai accettato di donare gli organi? – chiedo, e subito incrocio lo sguardo disorientato di Gianna. Mi scuso, mi dispiace, Chiara, non volevo, Gianna, lo sapevo che non dovevo venire.

– Non serve urtare la sensibilità di chi soffre soffermandosi su particolari inutili o cercando di scoprire dettagli che magari non si vogliono rivelare, – mi dirà Gianna alla fine della riunione. – La cosa importante è condividere esperienze ed emozioni, raccontare storie di vita vissuta, aprire porte che altrimenti resterebbero chiuse per sempre. Pian piano imparerai. Non c'è nulla di cui ti debba scusare.

Giuseppe dice che Lea, oggi, avrebbe sei anni. Quando la leucemia l'ha uccisa, ne aveva appena compiuti due. – Perché una bimba innocente deve morire? Dio non risponde mai a domande come questa. Ma io non riesco a non pensarci, sono ossessionato, non mi do pace.

– Grazie, Giuseppe, – risponde il coro. Anche se, questa volta, le voci sono titubanti.

– La questione delle fede è delicata, – mi spiega Gianna piú tardi. Sono andati via tutti, e io resto con lei qualche minuto mentre sistema le sedie, pulisce il tavolo, lava le tazzine rimaste vuote nel lavabo. – Qui si cerca soprattutto di evitare una falsa accettazione della presunta volontà divina. Non si tratta di un gruppo religioso e si rispetta chiunque, ateo, musulmano, ebreo o cristiano. Ma la questione della fede resta delicata, – insiste. – Talvolta arriva chi pensa che il gruppo possa aiutare a instaurare un rapporto medianico con i defunti. C'è persino chi pensa a sedute spiritiche o a roba del genere. Ovviamente non è cosí che funziona. Anche se in giro ci sono tanti ciarlatani che, senza vergogna e senza pudore, parlano di corpi astrali e di energia cosmica, millantano di poter incorporare lo spirito di un defunto e in questo modo speculano sulla disperazione altrui.

– Ma a che serve ripetere sempre le stesse cose? – le domando chiudendo la lampo della giacca e stringendo forte
la borsetta marrone che mi hai regalato l'ultimo Natale in
cui eri qui. – Quando la vita va in frantumi, a che serve la
condivisione dei cocci rotti?

– Un dolore cosí grande non si può affrontare da soli.
Altrimenti ti toglie ogni cosa, – risponde Gianna, fissando
la borsetta marrone, anche lei ne ha una simile, dice, meno
bella, certo, ma pratica, vero? Con tutte quelle tasche inter-
ne, quando si cercano le chiavi di casa, gli occhiali da sole
o i fazzoletti di carta – sí, soprattutto quelli, capita anche a
te di scoppiare a piangere all'improvviso? – non c'è bisogno
di tirare fuori tutto. – Il fatto che nella nostra vita le persone vadano e vengano è una realtà, Daria. Puoi combattere
finché vuoi, ma non cambia nulla. Puoi arrabbiarti con Dio
e pensare che ce l'abbia con te. Ma la vita non fa altro che
accadere. Sta a noi accettarla o no, Daria.

30.

Sei appena tornata da un campo estivo, ormai sei un'adolescente, non puoi stare sempre con i tuoi genitori. Ti chiedo com'è andata. Rispondi entusiasta – c'è stata la notte dell'adorazione, mamma, avrò dormito appena un'ora, ma il giorno dopo non ero nemmeno stanca, c'era un cielo cosí terso, e le stelle, non ti immagini nemmeno quante stelle ci fossero in cielo quella notte.

Poi tiri fuori un quaderno, lo apri e mi mostri i tuoi appunti:

Esperienza morale = percepire qualcosa come buona o meno buona.
Agire morale = capacità di autodeterminarsi; capacità di scegliere in base alla propria libertà in maniera critica.
Scelta morale = presa di posizione che deriva dal confronto tra situazione presente e valori; tra la vastità di scelte, una è capitale: l'opzione fondamentale (è il progetto di vita).

– Il mio problema, mamma, – dici rendendoti conto che non capisco nulla di quello che hai scritto, – è che non sono sicura di sapere esattamente quale sia la mia opzione fondamentale.

– Cioè?

– Cioè il senso della mia vita, – rispondi. – Ho conosciuto una ragazza al campo, lei sa già tutto. Si chiama Alessandra e ha due anni piú di me. Quest'anno ha la maturità e

poi vuole fare il concorso per entrare alla Normale di Pisa.
Vuole studiare Fisica, poi vuole andare a lavorare al Cern
di Ginevra. Mi ha detto che la cosa che l'affascina di piú è
che in fisica la bellezza è una sorta di simmetria imperfetta. Pare che al Cern questa simmetria imperfetta si studi in
un tunnel circolare di ventisette chilometri, è il piú grande
acceleratore di particelle mai costruito. Per lei, il senso della vita è lí. Perché io invece non lo trovo?

– Sei ancora troppo giovane, Giada, non essere impaziente, – tergiverso.

– Tu come hai fatto, mamma?

Cosa posso risponderti, pulcina? Che ho cominciato a
dare valore alla vita solo dopo il tuo arrivo? Solo quando
ti ho preso in braccio?

Sono persa nei miei pensieri quando tiri fuori un foglio
e me lo metti davanti agli occhi. – Guarda cos'ho trovato
su Internet, mamma. È la legge sull'adozione del 28 marzo del 2001. Modifica la precedente, quella del 1983, in
vigore quando sono stata adottata io.

– In che senso, Giada? – chiedo cercando di controllare
l'emozione. – Che cos'è cambiato?

– Ora posso sapere chi è mia madre. Almeno credo.

Gli occhi ti si illuminano.

– Ma tua madre sono io, – balbetto in preda all'angoscia,
ripetendomi mentalmente «sono io», «sono io», «sono io».

– Sí, mamma, certo che sei tu! Ma pure l'altra è mia
madre.

– Non avrei mai dovuto dirtelo –. Mi esce cosí, il tono
astioso, è piú forte di me.

– Invece sí, mamma. Hai fatto la cosa giusta, – dici abbracciandomi. – Ora anche la legge prevede che i genitori
adottivi parlino con i figli. Guarda, guarda qui: «Il minore

adottato è informato di tale sua condizione e i genitori adottivi vi provvedono nei modi e termini che essi ritengono piú
opportuni». È quello che tu hai fatto prima ancora che te lo
imponesse una norma. Sei stata brava! – Invece no, Giada.
Fosse stato per me, non te l'avrei mai detto.

– E quindi?

Quel «brava» che non merito mi è arrivato come un
pugno nello stomaco.

– E quindi un giorno, se vorrò, potrò conoscere la donna che mi ha messo al mondo. Guarda, c'è scritto qui:
«L'adottato, raggiunta l'età di venticinque anni, può accedere a informazioni che riguardano la sua origine e l'i-
dentità dei propri genitori biologici». Bello, no? – sorri-
di, subito prima di cambiare espressione. – Mamma, che
succede? Non ti senti bene?

31

Sono andata alla riunione del gruppo di auto-mutuo-aiuto anche il sabato successivo.

Gianna mi aveva chiamato pregandomi di non mollare subito. Nella vita ci sono cose che non si controllano e che non dipendono da noi, Daria. Cose che sfuggono anche a una madre. Quando si perde un figlio, non serve a nulla soppesare i meriti e i demeriti della propria esistenza. Nessuno merita una sorte del genere. Nessuno. Pian piano, però, si impara ad avere compassione di sé stessi.

Cosa ti mancava, Giada? Io ero sempre lí, sempre pronta. Che cosa ti mancava? Qualunque cosa fosse, dovevi restare. Anch'io penso al suicidio, ci penso tutti i giorni da quando sei morta tu, ma Andrea dice che devo lottare, e poi c'è Giacomo, tuo fratello, mio figlio.

Sono tornata molte volte alle riunioni del sabato mattina. Per quasi due mesi mi sono trascinata in via Damiano Chiesa, ho suonato al citofono, sono salita al terzo piano, mi sono seduta attorno al tavolo rettangolare, ho ascoltato le parole di Chiara e di Federico, di Giuseppe e di Adele, ho detto «ciao, sono Daria», ho sentito «grazie, Daria», ho detto «grazie, Marianna» e «grazie, Davide», ho pianto con gli altri, ho pianto da sola, ho pianto.

Poi, ho deciso che non faceva per me. La tua morte ha portato via qualunque cosa, Giada. E non me ne importa nulla della vita che accade o della compassione per sé stessi. Anzi, me ne frego.

Tu non ci sei piú, e io sono inconsolabile. Il senso di colpa invade tutto, perché una madre deve saperlo, che un figlio sta male, che non ce la fa ad andare avanti, una madre lo sa, per forza, e se non lo sa lo intuisce, ma se lo intuisce perché non fa nulla? Il mio senso di colpa, gli altri non possono capirlo, Giada.

– Continua a venire, per favore. Vedrai che pian piano si trova un equilibrio tra dolore e accettazione, perdita e risorse positive, – mi ha detto Gianna quando le ho annunciato che non volevo piú frequentare il gruppo.

– La mia perdita è irreparabile, Gianna.

– È irreparabile per tutti. Non è giusto però chiuderci a ciò che la vita ha ancora in serbo per noi. Un giorno mi darai ragione. Anche tu sarai capace di salutare Giada.

Parte terza

Nelle notti nei boschi
i bambini persi chiamavano
per essere trovati.
Non c'erano le stelle?
Le stelle erano gli occhi dei lupi.
Non c'era la luna?
La luna era le fauci dei lupi.
I bambini persi erano spaventati?
Sí, chiamavano tanto.
Svegliavano gli animali addormentati.

VIVIAN LAMARQUE, *I bambini persi.*

32.

– Avevo solo chiesto che cosa sarebbe potuto succedere se ci fossimo lasciati. Non doveva dirglielo.

Paolo arrossisce. Si schiarisce la voce. Si guarda le scarpe. Sono passati mesi dall'ultima volta che l'ho visto, il giorno del tuo funerale. E quando mi ha telefonato per chiedermi se poteva passare sono rimasta interdetta. Cosa vuole adesso? Perché ricomparire cosí all'improvviso dopo tanto silenzio?

Eravate fidanzati da sei anni quando avete deciso di andare a vivere insieme. Lui con la voglia di trovare un posto all'università, tu con il sogno di scrivere romanzi e sceneggiature. Lui dalla mattina alla sera negli archivi a fotografare documenti e lettere. Tu con i quaderni pieni di appunti e il computer sempre acceso. Volevate avere tanti bambini, bastava solo aspettare che Paolo ottenesse quel benedetto posto, poi magari vi sareste anche sposati, vedremo, mamma, i tuoi erano altri tempi, non c'è mica bisogno del matrimonio per volersi bene, ripetevi. Talvolta mi veniva il sospetto che lo facessi apposta per farmi arrabbiare.

– Scusa, Paolo, di che stai parlando?

Al telefono mi ha fatto capire che doveva dirmi una cosa importante, ci pensava da molto, ma era disorientato. Mi ha spiegato che è rimasto alcuni mesi in Australia, lontano da tutti, per elaborare la perdita – hai ragione, Daria, sono sparito, nemmeno Alessandra sapeva dove fossi, sono imperdonabile, scusa, ma avevo bisogno di restare da solo, dovevo riflettere, ritrovarmi.

Adesso è qui davanti a me. Un po' piú magro, forse, i capelli piú lunghi, aveva già le tempie spolverate di grigio o è successo in queste ultime settimane? È davanti a me e gli chiedo di che sta parlando.

– Parlo del dottor Graziano, lo psichiatra di Giada.

– Lo psichiatra di Giada? Andava da uno psichiatra?

– Non lo sapevi? Non te l'aveva detto?

– No...

– Scusa, Daria. Credevo sapessi. Ti ricordi che negli ultimi tempi Giada era sempre nervosa, sempre inquieta?

Resto impietrita. Perché, Giada, non mi sono accorta di nulla? Cioè. Sapevo che a volte eri triste: contratta, come rassegnata. Ma perché non mi hai detto nulla dello psichiatra? Quando è finita la nostra complicità? Perché avevi bisogno di confidarti con un estraneo, se c'ero io? Perché pian piano ti sono diventata inutile?

– No, Paolo. Non ne sapevo niente. E non sto capendo niente. Spiegati!

– Giada vedeva il dottor Graziano da circa un anno e mezzo. Quel venerdí, io l'ho chiamato per avere un consiglio. Anche se lui non la smetteva di ripetermi che quello che accade nel corso di una terapia deve restare tra l'analista e il paziente. È proprio per questo che non capisco. Come gli è venuto in mente di dirglielo?

– Ma cosa, Paolo?

– Gli avevo chiesto cosa sarebbe successo se io e Giada ci fossimo lasciati. E lui è andato a dirlo a lei! Che poi non volevo mica lasciarla, ti pare? Giada era l'amore della mia

vita, – sospira. – Volevo solo un consiglio, Daria. Comincia-
vo a pensare che fosse colpa mia e che Giada, forse, avesse
bisogno di stare un po' da sola. Mi diceva che non capivo
niente e che passavo il tempo a giudicarla, che ormai non
aveva piú senso stare insieme, che prima o poi sarebbe finita, perché nella vita finisce sempre tutto. Speravo che il
dottor Graziano potesse aiutarmi, Daria. Ti pare che non
la sopportavo piú? Era l'amore della mia vita.

Avevi da poco compiuto diciassette anni quando lo hai
conosciuto. Paolo andava già all'università e stava scrivendo una tesina sulla Rivoluzione francese. Era il febbraio del
2003, il giorno del compleanno di Alessandra, e la sera, alla
festa, c'erano anche gli amici del fratello piú grande. Paolo
ti si era avvicinato mentre tu eri seduta in disparte. Nemmeno a lui piaceva ballare, ti aveva detto. Preferiva chiacchierare. E ti aveva parlato di quel saggio in cui si rimetteva
in discussione l'interpretazione marxista della Rivoluzione
francese. «Mamma, lui è diverso, – mi avevi detto l'indomani. – Con lui mi sento piena, sazia. Come se all'improvviso l'assenza diventasse presenza. Adesso non trovo le parole giuste, mamma, ma è lui. È diverso da tutti gli altri».

– Ma tu come fai a sapere che il dottor Graziano ha par-
lato a Giada della tua telefonata?
Faccio uno sforzo mostruoso per restare calma.
– Me lo ha detto Giada. Quella sera. Quel venerdí.
– Il 14 ottobre?
Mi sale una vampata di calore e comincio a tremare.
– Sí, Daria. Giada è tornata a casa e ha detto: se mi vuoi
lasciare, vattene subito! Tanto siete tutti uguali, ve ne an-
date tutti, mi abbandonate sempre. La vita fa schifo, nulla
ha senso, nessuno mi ha mai voluto bene.

Paolo è un vigliacco. Per mesi è stato latitante e ora è venuto a vomitarmi addosso il tuo dolore. Non vede che sto male a sentirlo?
  – Giada era fuori di sé, non mi ha dato la possibilità di replicare. E quando ha aperto la porta e mi ha detto di arrangiarmi, che quella sera, a casa, non mi voleva, che potevo andare ovunque ma fuori dai coglioni, ho pensato che era meglio uscire, almeno per darle il tempo di calmarsi.
  – Perché te ne sei andato?
  Riesco a malapena a sussurrarlo. Mentre rivedo tutto come fosse un film e all'improvviso mi manca l'aria.

La porta che sbatte.
Le medicine nell'armadietto del bagno.
Il bicchiere pieno di gocce.
Giada in coma.
Il cuore che si ferma.
La fine di tutto.

Come potevi pensare che non ti volessi bene, Giada? Era stato l'arrivo di Giacomo o il fatto che non ti avessi partorito io? Quello che ti avevo rivelato mentre ascoltavi attenta sulla sediolina rossa oppure il silenzio che ti avevo imposto per troppi anni?

Pensavo di conoscerti, di capirti.
Pensavo di essere diversa da mia madre.
Di' a mamma che lei è perfetta.
Invece.
Deve essere stato piú forte di me.

33.

– Io la denuncio, – lo aggredisco al telefono. – La denuncio, lei sarà radiato per sempre dall'albo degli psichiatri.
– Mi ascolti, signora Laurenti, dobbiamo vederci.
Graziano sembra imbarazzato.
– Non ha nemmeno avuto il coraggio di farsi vivo.
– Ho pensato che non fosse opportuno.
– E invece lasciarla morire è stato opportuno?
– Venga domani allo studio con suo marito. Vi aspetto nel primo pomeriggio.
La telefonata finisce cosí, in modo surreale.
E quando Andrea si avvicina, sono ancora scossa.

– Accade a molti psichiatri di perdere un paziente per suicidio nel corso della carriera, – ci dice il dottor Graziano. Andrea e io siamo seduti nel suo studio. – Pensavo che a me non sarebbe successo, e comunque non con Giada –. Ci ha fatto accomodare su due poltrone verdi, l'una accanto all'altra, di fronte alla scrivania. – Negli ultimi mesi stava peggio, ma non c'erano segnali allarmanti, – dice indicando un divano marrone, in fondo alla stanza, spiegando che era lí che ti stendevi. All'inizio non volevi, preferivi sederti di fronte a lui e guardarlo negli occhi, controllare le sue reazioni, non perderlo di vista.
– Quali sarebbero i segnali allarmanti? Cosa avrebbe dovuto fare Giada perché lei si allarmasse?

– Signora Laurenti, quando ho saputo della sua morte, per giorni mi sono ripetuto che forse avrei dovuto farla ricoverare. Ma le avevo prescritto dei farmaci, e mi pareva che cominciassero a fare effetto, – si giustifica il dottor Graziano.

O è un pazzo o è un incompetente.

– Paolo ci ha detto che Giada, quella sera, era fuori di sé, – interviene Andrea. – Come fa a dire che i farmaci facevano effetto?

– Durante la nostra ultima seduta, in realtà, Giada ha pianto molto e non ha voluto dirmi il perché, – ammette il dottore.

– E lei l'ha lasciata andare via? Ma soprattutto: che bisogno c'era di dirle quello che le aveva domandato Paolo? – protesta Andrea.

– Ho ritenuto giusto che sapesse, che fosse lei a decidere cosa fare. Non potevo tenerla all'oscuro di qualcosa che la riguardava. Era il cuore stesso del suo problema.

– Quale problema? – sbotto.

Accavallo e scavallo le gambe. Non riesco piú a restar seduta. Voglio andare via, ma prima devo capire.

– Le origini, signora. Le mancava un pezzo della propria identità. Sa, è difficile integrare un abbandono all'interno della propria storia, persino con un percorso di analisi.

– Quindi parlarle del possibile abbandono di Paolo le è sembrata una buona idea? – Andrea non riesce piú a trattenersi.

Di colpo, la sua voce è coperta da un boato. Dentro di me si è riaperto tutto, Villa Pamphilj e l'albero genealogico, il giorno che eri tornata dal campo estivo e i cambiamenti d'umore improvvisi. «Ma quando sei venuta a prendermi era perché volevi una bambina o perché mi volevi bene?»

Dentro si riapre tutto, e crollo.

Non avevo capito niente. Come ho potuto essere cosí cieca, cosí chiusa nella mia stupida, ingenua convinzione che fossimo felici, che il mio amore ti bastasse, che tappasse ogni buco? Perdonami se non ti ho mai capita, Giada.

– Continuo a pensare e a ripensare a quello che avrei dovuto fare, ma non trovo nessuna risposta soddisfacente. Non parlargliene? Forse. Solo che poi, se Paolo glielo avesse detto, lei non si sarebbe piú fidata di me. Avvisarvi? Forse. Ma la relazione è tra l'analista e il paziente, i genitori non c'entrano, – dice il dottore. Continua a parlare senza perdere la calma.

– Quindi lei non ha niente da rimproverarsi e tutto procede come se nulla fosse? – Andrea è furente.

– No, anzi. C'è sicuramente qualcosa che non ho capito o a cui non ho dato abbastanza peso. Non siete i soli a covare rabbia e sensi di colpa. La vita, però, continua. Deve continuare.

– Forse continua la sua, dottore. La mia no. È finita quel venerdí.

Mi alzo e faccio un cenno ad Andrea, vieni, andiamocene, non c'è altro da dirsi. E quando usciamo, appoggio la testa sulla sua spalla, annientata.

Non denunceremo Graziano, anche se Andrea vorrebbe farlo. Ma io non ne ho la forza, non ho piú la forza per fare niente. Non voglio piú sentirlo nominare. In fondo, non è nemmeno colpa sua.

Perché è mia la colpa, solo mia.

«Mamma, ma se il bimbo che è nella tua pancia quando viene fuori è cattivo, lo portiamo anche noi a Villa Pamphilj?» mi avevi detto un giorno.

Dopo la nascita di Giacomo hai cominciato a fare la pipí a letto. Un giorno hai preso un paio di forbici e hai tagliato le tende del soggiorno. Un altro giorno ti sei tagliata i capelli, e quando sono venuta a controllare cosa stessi facendo mentre cercavo di far addormentare tuo fratello, ti ho trovata in piedi sul tavolo della cucina con le forbici ancora in mano. Ho urlato, le forbici sono cadute a terra, ti sei spaventata. Non volevo farti paura, tesoro, non volevo nemmeno sgridarti, temevo solo che ti facessi male.
Andrea mi ha detto che quando ti ho sgridata gli sono sembrata mia madre.
Poi: no, scusa, tu con tua madre non c'entri nulla.
Poi: cerca di avere pazienza, se sei stanca facciamo venire piú spesso la baby-sitter.
Poi: non ti preoccupare, Daria, nei prossimi giorni cerco di tornare a casa prima, mi occupo io di Giada.

– Questo è l'occhio bello, – ho detto toccandoti un occhio con la mano sinistra mentre con l'altra ti accarezzavo il viso, come quando eri piccola piccola. – Questo è suo fratello, – e ho puntato l'indice verso l'altro occhio, cercando di capire se mi stessi sorridendo o no, come quando avevi due anni. – Questa è la chiesina, – dài, tesoro, vedi che è tutto a posto? non è cambiato niente, anche se ora c'è Giacomo. – Questa è la sorellina, – e tu ti precipitavi verso la culla urlando «fratellino». – Vedi, tesoro, com'è carino Giacomo? – Poi dicevi: – Perché non lo mettiamo a Villa Pamphilj?

«A che serve ricordare?» mi diceva mia madre quando le chiedevo di parlarmi della nonna.

Dovevo avere otto o nove anni quando è morta, e i ricordi erano sfocati, anche se era stata sempre lei ad accudirmi.

«Perché mi facevi sempre dormire dalla nonna, mamma?» Non so piú quante volte l'ho chiesto, senza mai ricevere risposta.

«Perché la nonna mi ripeteva che dovevo lasciarti tranquilla?» «Ero stanca». «E perché eri stanca?» «Non ricordo». «E perché non ricordi?» «È passato tanto tempo».

Oppure: «A che serve rivangare il passato?»

Oppure: «Ora basta con tutte queste domande, Daria. Lasciami in pace».

Oggi, al supermercato, ho incontrato Cristiana – te la ricordi, Giada? Era venuta a casa la sera in cui papà aveva organizzato la cena con i colleghi. È la moglie di Sandro, quella signora tanto fine, cosí mi avevi detto quando se ne erano andati tutti e mi avevi aiutato a mettere a posto. Da bambina ti piaceva da matti andare al supermercato. C'era una Standa proprio vicino casa. Ti ci portavo sempre, era diventato un gioco. «Andiamo alla Tanta, mamma?» Non ho mai capito che cosa ti affascinasse. Forse tutti quei colori. Forse la gente in fila con i carrelli stracolmi di roba. Forse la cassiera che ti regalava le caramelle e chiedeva: e questa bimba bella come si chiama? Forse la Nutella che finivo sempre col comprarti.

– Daria? – mi sono sentita chiamare, mentre fissavo lo scaffale della Nutella. Anche da grande continuavi a volerla. Cosí in casa ce n'era sempre un barattolo. Se passavi, c'era tutto quello che desideravi, come quando eri bambina. Dopo la tua morte ho scagliato i barattoli a terra, uno dopo l'altro. Giacomo si è precipitato a vedere cosa stesse succedendo e mi ha trovata accovacciata, piangevo, con la testa fra le mani, i cocci di vetro e la Nutella sparsi ovunque.

– Ciao, Cristiana. Scusa, non ti avevo vista.

Penso a un modo per liberarmene al piú presto. Ci conosciamo appena.

– Anche a te piace la Nutella? – mi dice guardando il carrello vuoto.

– È per Giacomo, me l'ha chiesta ieri. Sai, Giada...

– Tu come stai?

– Vado avanti. Cioè. Mi sforzo. Devo farlo per Giacomo, per Andrea. Diciamo che è il senso del dovere che mi spinge a fare il necessario.

– Daria, scusa se mi permetto, ma c'è qualcuno che ti sta aiutando? So bene che ci sono tempi e metodi diversi per affrontare il dolore, ma a volte può essere utile farsi accompagnare. È quasi un anno, no?

Cristiana è psicoterapeuta. Non lo sapevo. O l'avevo dimenticato. E non appena me lo dice, la prima cosa che penso è che di tutto ho bisogno tranne che di un analista. Dopo quello che è successo con Graziano, parlare con uno psicoterapeuta è l'ultima cosa che farei.

– Ora devo andare, – dico, ma resto immobile.

– Elaborare un lutto è un'operazione psichica lunga e complessa, – mi dice Cristiana. – È come quando si è malati e, finché non si trova il farmaco adeguato, non si guarisce. Di fronte alla morte di una persona cara non si tratta solo di fare i conti con la realtà, riconoscendo ciò che si è perso, ma anche di accettare la fine della promessa di tutto ciò che si sarebbe potuto o voluto vivere con chi non c'è piú. Anche se si gira solo intorno a un vuoto che sembra incolmabile.

Vorrei salutarla e andarmene, ma la voce di Cristiana è talmente dolce che non riesco a smettere di ascoltarla. Invece di innervosirmi, come ormai mi capita con Carla, mi rilasso e le sorrido.

– Non serve a niente ripetersi che la vita deve continuare. La forza di volontà, in questi casi, non c'entra. È come quando si è malati. Per guarire non basta volerlo. Ci vuole la cura giusta.

– È l'assenza del futuro che mi schiaccia. Di fatto cancella anche il presente –. Senza deciderlo, le rispondo. Inaspettatamente, continuo a parlarle. – Sai, ho provato anche a partecipare a un gruppo di auto-mutuo-aiuto. Ci sono andata ogni settimana per quasi due mesi. Ce l'ho messa tutta, ma non è servito a nulla, anzi. Ascoltavo e parlavo. Condividevo e mi identificavo. Ma quella benedetta soluzione, che avrei dovuto intravedere nel mio intimo, non c'era proprio. Dentro di me c'è solo rabbia, Cristiana. Mi sento impotente e arrabbiata.

– Si tratta di fare l'inventario di quel che si era investito e progettato, e capire che non sarà piú possibile realizzarlo. È questo il problema, – risponde. E aggiunge che solo in un secondo tempo si può metabolizzare il lutto e tornare di nuovo alla vita, nonostante la sofferenza che resta, che non passa mai, soprattutto nel momento in cui si capisce definitivamente che i ricordi sono solo ricordi.

– Ma si può vivere solo di ricordi?

– Il dolore non se ne va mai via. È il peso a cambiare. A un certo punto, diventa sopportabile. Anche se nella memoria tutto rimane come prima. Anzi. Prende quasi una forma nuova: si sente, si odora, si assapora, – mi dice senza toccarmi, ma è come se mi stesse accarezzando il viso. – Sai, Daria, i gruppi di auto-mutuo-aiuto sono una realtà ormai importante in Italia, per molte persone sono un'ancora di salvataggio, – dice, spiegandomi che però lei ha un approccio diverso. – In questi gruppi non si cerca di analizzare le ragioni che rendono la perdita insopportabile. Lo scopo è superare il lutto, certo, lavorando sul senso di colpa e sul risentimento, sulla collera e sull'impotenza, ma le cause profonde non si affrontano. Per me, invece, sono quelle a rendere intollerabile un lutto. Le cause profonde.

La perdita presente come riattivazione di perdite antiche. Il dolore attuale come dramma già vissuto.

Cristiana mi guarda. Ha gli occhi blu, bellissimi, ma distratta dal suono della sua voce non riesco a capire subito di quale gradazione di blu si tratti. Zaffiro? Solleva la mano e scosta lentamente i capelli dal viso portandoseli dietro le orecchie. Blu di Prussia? Mi guarda, ma non si avvicina. Cobalto? Si allontana. E mentre penso che il blu dei suoi occhi è un blu oceano, sento che le sue parole sono andate dritte al cuore, trafiggendolo.

36.

Non è solo successo. Quando succede qualcosa, concorrono il caso, la fatalità, la sfortuna. Essere al posto sbagliato nel momento sbagliato.

Come quella ragazza di sedici anni investita da un uomo ubriaco al volante dell'auto, mentre tornava a casa dopo il cinema, mano nella mano con il suo ragazzo, una sera di giugno, le scuole erano ormai finite e si poteva anche fare tardi, le due, le tre di notte, senza l'angoscia del giorno dopo, la paura di non sentire la sveglia e dover correre a prendere l'autobus con la bocca ancora piena di latte e biscotti, il magone entrando in classe.

Il giorno dopo, quella ragazza sarebbe partita, quindici giorni al mare in Grecia con il fidanzato. Il giorno dopo si sarebbe messa in costume per abbronzarsi, fare il bagno, i baci e gli schizzi, la crema solare e le risate.

Invece.

Quella ragazza era al posto sbagliato nel momento sbagliato. E in pochi istanti è crollato tutto. Niente Grecia, niente mare, niente costume, niente baci, niente schizzi. Mai piú niente.

È successo.

Ma a te, pulcina, non è *successo*.

Sei tu che hai deciso; tu che hai voluto; tu che hai versato le gocce nel bicchiere; tu che hai scritto il biglietto – dov'è il biglietto, Andrea? Dove lo hai conservato? Fammelo leggere di nuovo, per favore. Devo capire. Forse, nascosto tra

quelle righe, c'è il senso di tutto quello che non abbiamo
visto, che non riesco ancora a vedere.

Cerco di seguire il filo. Ma ogni volta mi perdo per strada.
C'è sempre qualcosa che non torna. Il dolore? Passa. Non
passa? Si chiede aiuto. Nessuno è in grado di aiutarci? Si
prega. Nemmeno Dio ascolta? Ci sono io, Giada.
La tua mamma c'è sempre.
E c'è la vita. Tu, la vita, l'avevi tutta davanti.

– E se il problema è la vita? – chiede Cristiana. Cioè.
Me lo sta chiedendo o lo sta affermando? Che cosa sta in-
sinuando?

Sono andata a trovarla questo pomeriggio, e sono quasi
due ore, ormai, che parlo, parlo, parlo. Come se nessuno
piú potesse fermarmi.

Cristiana mi si è seduta vicino. Ogni tanto mi passa una
scatola di fazzoletti di carta, ne prendo uno, soffio il naso,
asciugo le lacrime, lo appallottolo bagnato, ne prendo un
altro, ricomincio a parlare.

– Se il problema è la vita? – mi chiede di nuovo Cristiana, oppure lo afferma, non lo so, come fa la vita a essere
un problema?

– Succede anche questo, Daria. Accade che la vita sia
un peso, – dice. – All'improvviso si spalanca un vuoto
che ci inghiotte. E allora è difficile capire per quale motivo si dovrebbe andare avanti, per cosa ci si dovrebbe ancora battere. È una questione di senso. Talvolta, nulla ha
piú senso. E allora viene meno la voglia, la forza, tutto.
Non so che cosa abbia potuto scatenare questo in Giada.
L'unica cosa che ti posso dire è che, purtroppo, accade. E
che quando accade nessuno è colpevole. Anche se chi resta
continua a tormentarsi alla ricerca di un perché, pensa che
avrebbe dovuto fare qualcosa, immagina di aver sbagliato.

– Ma io ho per forza sbagliato, Cristiana. Se non sono riuscita a capire che il problema era la vita, allora ho sbagliato dall'inizio alla fine.

Avevi tutta la vita davanti, Giada. Te lo dicevo sempre quando eri triste. Cioè, non proprio triste. Contratta, come rassegnata. Te lo dicevo al mattino, quando ti alzavi con gli occhi gonfi – non ho dormito niente stanotte, un incubo dopo l'altro, mi svegliavo in un bagno di sudore e non prendevo piú sonno, fino all'incubo successivo e poi di nuovo, da capo – e non volevi uscire, ti dicevo che c'era il sole, magari una nuotata in piscina, quelle vasche una dopo l'altra, come piace a te, contando «uno, uno, uno» fino alla fine della prima vasca, e poi «due, due, due» fino alla fine della seconda, il braccio che si allunga, la testa che emerge appena per prendere aria, gli occhialini e la cuffia di gomma – ma questa cuffia è ridicola, dove l'hai recuperata? Te lo dicevo la sera, perché non esci, tesoro? L'aria è ancora dolce, è sempre cosí in ottobre a Roma, una passeggiata in via della Genziana, sai quel negozio che ti ho mostrato l'altro giorno, sai quella bella giacca blu, quel maglioncino di cashmere e il blazer di lana coordinato? Te lo dicevo senza capire che davanti agli occhi, forse, non avevi nulla, ti eri incagliata. «Sono stanca». «Ne parliamo domani». «Che schifo, però». Anche se «schifo» ti avevo insegnato che non si diceva. Proprio come mia madre, proprio come aveva fatto lei.

Pensavo di sapere tutto. «Ti si legge in faccia, pulcina. La mamma tante cose le capisce anche se non le dici nulla, sai?» Invece no. Proiettavo su di te quello che io stessa sentivo. Senza rendermi conto che, nella stanza vuota del tuo cuore, si agitavano mostri di cui non avevo mai nemmeno immaginato l'esistenza.

Tutto quello schifo che avevi davanti. E che ti bloccava a letto ad aspettare che passasse – non era cosí che facevo anch'io quando vivevo ancora con mia madre? Un senso di malessere cui non riuscivo a dare un nome, la nausea la mattina appena alzata, mamma che dice basta, che cos'hai oggi, quand'è che la fai finita con tutte queste storie, cosa fatta capo ha, è da quando sei piccola che te lo ripeto, smettila di rivangare il passato, che senso ha tornare ancora sulla storia della nonna, te l'ho già detto tante volte, ero stanca, tuo padre era in viaggio d'affari, eri una bambina difficile, ora basta!

Quella porosità infinita, una spugna capace di assorbire tutto – per chi esisto? per quale amore devo restare in vita?

Da un lato, il dolore. Dall'altro, l'impotenza. E in mezzo la rabbia di chi pensa che sparire possa punire non solo chi non è stato all'altezza del suo amore, ma anche sé stesso, responsabile di quella mancanza, cattivo, inadeguato.

– Come scrive Freud, è l'enigma del suicidio, – dice Cristiana.

E io ricordo che tu avevi cominciato a leggere Freud l'estate dopo la maturità. Il professore di Italiano aveva spiegato che attraverso la psicanalisi si poteva ritrovare il bandolo della matassa, e tu ti eri entusiasmata nonostante le proteste di Andrea, non capisco questa fissazione per la psicanalisi, nei grandi romanzi c'è già tutto.

– È l'enigma del suicidio, che distrugge ogni cosa. Anche se poi Freud cerca di risolverlo dicendo che nessuno troverebbe in sé l'energia necessaria per suicidarsi se in questo modo non uccidesse anche un altro oggetto con cui si è identificato e che vuole annientare, – continua Cristiana. – Ma è solo un'ipotesi. Una tra le tante.

È cosí, Giada? Mi volevi annientare? Se era questo che volevi, ci sei riuscita. Ma non era questo, vero? Non era la mamma, non ero io?

Di' alla mamma che lei è perfetta.

Mi tornano in mente i tuoi scatti improvvisi di rabbia. Pensavo fossero asperità del tuo carattere. Non sopportavi il disordine, o che Giacomo avesse perso un pezzo del puzzle, o che non ti stessi ad ascoltare. Con tutti quei «perché?» cui non sapevo rispondere, oppure non ci provavo, non volevo, come mia madre.

Aspettavo solo che passasse la bufera, certa che, prima o poi, non ci avresti piú pensato.

Cosa fatta, capo ha.

Quando eri piccina e ti arrabbiavi, correvi in camera e sbattevi la porta. E non c'era verso, nulla poteva farti ragionare e convincerti a uscire. Restavi lí per ore. Zitta. E quando alla fine uscivi non guardavi in faccia nessuno. O urlavi. Soprattutto la notte, durante il sonno. Ti svegliavi di soprassalto gridando «basta», gridando «cattiva», gridando «no».

In genere ero io ad alzarmi per venire a controllare se stessi bene. Lasciavo dormire tuo padre e venivo da te. Ti restavo accanto. Aspettavo che ti addormentassi di nuovo.

Il dottor Onofrio mi aveva consigliato di farti prendere qualche globulo di Nux vomica. Era un farmaco omeopatico, e funzionava bene con le persone «ipersensibili». Cosí mi aveva detto. «Giada ha una ipersensibilità al tatto, al rumore, al disordine».

«È per questo che si irrita quando sbatte una porta o cade una posata? È per questo che sussulta quando qualcuno le compare dietro inaspettatamente o la contraddice?»

«In parte sí. È uno degli elementi del suo carattere. Come ogni "persona Nux vomica", anche lei ama la precisione, l'accuratezza. Proviamo a darle tre globulini sotto la lingua ogni mezz'ora, per quattro volte, un'ora dopo la cena, denti lavati e niente piú acqua. Vediamo se cosí va meglio».

Mi tornano in mente i tuoi scatti improvvisi di rabbia. Un giorno, avevi tredici, quattordici anni, mi hai detto che non lo sapevi nemmeno tu cosa ti succedeva, ma che ti sentivi scoppiare dentro. Si spalancava una porta e traboccava rabbia. Avevi la sensazione che fosse un pozzo senza fondo, che ce ne fosse talmente tanta, di rabbia, che non sarebbe mai venuta fuori tutta.

37

– L'esperienza dell'immedesimazione nasce sempre e solo quando viene scalzato il familiare, – dice Andrea.

– Ma il familiare non si scalza mai del tutto, – ribatti tu. – Se mi immedesimo in quello che leggo, è proprio perché mi è familiare. O penso che mi sia familiare.

Siete talmente intenti a discutere da non accorgervi che sono entrata nel salone.

– Posso sapere di che state parlando?

Mi intrometto, non voglio restare esclusa dalla vostra intimità. Da quando ti sei laureata e hai iniziato a frequentare il corso di sceneggiatura, vieni spesso a casa per parlare con tuo padre, ore e ore solo tu e lui, a volte ho il sospetto di essere di troppo.

– Ciao, mamma, sei tornata –. Mi dài un bacio. – Stavo raccontando a papà della sceneggiatura ispirata a *Barbablú* su cui lavoro in questi giorni. Lui insiste sull'importanza della trama e dell'intrigo, dice che il senso lo mettono gli spettatori.

– E invece?

– Invece per me, se non si parte dal senso, una storia si accartoccia su sé stessa.

– Ma che cos'è esattamente il senso? – azzardo.

Ti avvicino il vassoio d'argento sopra cui ho sistemato la crostata con la marmellata di mirtilli, l'ho preparata apposta per te.

– È la chiave per comunicare con il pubblico, il modo per renderlo partecipe del proprio mondo interiore.

Prendi una fetta di crostata, la addenti. Sorrido soddisfatta. L'ho preparata apposta per te.

– E qual è la chiave della sceneggiatura che stai scrivendo, tesoro?

– Il mistero. Vorrei fare una trasposizione contemporanea di *Barbablú* e sono partita da un'analisi simbolica del colore. Blu come il velluto di David Lynch. Blu come la libertà di Kieślowski. Blu come il testamento di Jarman. Un blu che basta un niente a trasformare nel nero opaco della rabbia. Scrivere è come dipingere, mamma. Lo dice pure Joan Didion, sai, l'autrice del romanzo che ti ho regalato per il compleanno: «Ogni pennellata che metti, resta. Naturalmente puoi riscrivere, ma le pennellate iniziali sono sempre lí, nell'ordito».

– Giada, non sono sicura di seguirti.

Anche se il linguaggio dei colori è il mio, questo blu che diventa nero all'improvviso non lo capisco, oppure è solo che mi opprime.

– Quello che mi interessa è raccontare cosa ci spinge a metterci in pericolo quando intuiamo un segreto, – dici. – È il segreto che incita la moglie di Barbablú ad aprire la porta nonostante il divieto del marito.

– Che c'è di cosí affascinante nei segreti, Giada? Ognuno ha i suoi. Perché svelarli a qualunque costo?

– Dipende dai segreti, mamma. Se ci riguardano direttamente, è difficile non fare di tutto per scoprire la verità. Ci sono segreti che avvelenano l'esistenza. Pensa alla relazione che hai tu con la nonna.

– Che c'entra adesso tua nonna? – Possibile che mia madre si infili pure nel rapporto tra noi?

– C'entra, eccome. Non ti sei sempre lamentata dei misteri che circondavano la tua infanzia, delle scuse della nonna, delle sue bugie?

38.

– E questo cos'è? – Giacomo arriva di corsa, in mano il biglietto che hai lasciato quel venerdí sera e che tuo padre ha conservato nel suo studio. – Perché non me l'avete mai fatto leggere?

Urla. È paonazzo.

– Giacomo, tesoro, calmati...

Deglutisco, provo a rispondere, mi blocco.

Di' a mamma che lei è perfetta.

– Come avete potuto nascondermelo, mamma?

Tuo fratello è sconvolto.

– Non te l'abbiamo nascosto, Giacomo. Volevamo fartelo leggere, solo che poi... con tuo padre...

Non trovo le parole giuste, non ne trovo affatto.

Mi dispiace, papà, non ce la faccio proprio ad andare avanti.

– Mamma, ti rendi conto che è passato piú di un anno e che ho trovato il biglietto di Giada per caso? Ti rendi conto?

Giacomo cercava il testo della conferenza di tuo padre sui giochi linguistici di Joyce, gli serviva per l'esame di Inglese; e mentre frugava tra i dossier impilati sulla scrivania, lo sguardo gli è caduto sulla cartellina trasparente in cui Andrea aveva messo il biglietto, ma è la grafia di Giada, che cos'è?

Vi chiedo scusa.

– Mamma, nel biglietto ci sono anch'io e voi non me l'avete mostrato. Ti rendi conto della gravità?

Tuo fratello ha ragione, Giada, è grave. Cioè, non proprio grave, ma assurdo, ecco sí, assurdo. Quella notte, però, tuo padre era distrutto – è meglio che tu non lo legga, il biglietto, Daria, ormai non serve a niente – io ero distrutta – dammelo, Andrea, dammelo subito – Giacomo era distrutto – al nostro ritorno dall'ospedale, lui era nel soggiorno e fumava nervosamente, ma dove eravate? perché nessuno rispondeva al telefono? cosa? Giada? Andrea lo aveva preso fra le braccia e gli aveva detto che non c'era stato nulla da fare, no, Giacomo, non è stato un incidente, no, tesoro, Paolo non era in casa quando è successo.

Di' a Paolo che in fondo non c'entra niente.

Poi sono passati i giorni, sono passate le settimane, sono passati i mesi. Dovevamo far vedere il tuo biglietto a Giacomo, ma non ci siamo mai riusciti.

– Scusa, Giacomo.

– Come cazzo avete potuto farmi questo?

Di' a Giacomo che lui sa quello che voglio dire.

Giacomo lancia in terra il biglietto e urla che no, non lo sa affatto che cosa volevi dire. Dice che glielo avresti dovuto spiegare tu, a quattr'occhi, senza mollarlo cosí come un coglione. Dice che non è vero che sono perfetta. Dice che Paolo è uno stronzo. Dice che io sono una stronza. Dice che eri stronza anche tu, una fottutissima stronza.

Infine corre via. Con le lacrime che gli rigano le guance e le orecchie infuocate – sin da quando era piccino le orecchie gli diventano rosse se si agita, tu lo prendevi sempre in giro, ricordi?

Lo lascio tranquillo per un po', poi mi avvicino alla porta della sua camera e busso. Mi risponde: vattene. Dopo qualche minuto però viene ad aprirmi e mi stringe forte.

Singhiozzando mi sussurra che non è vero quello che ha detto. Mi dice: scusa, mamma. Dice: non lo pensavo. Dice: tu non c'entri niente.

– Ma Giada mi manca cosí tanto, mamma. Perché lo ha fatto?

Nei giorni immediatamente successivi alla tua morte, Giacomo ti è stato accanto sempre. Ti avevano tolto gli aghi, gli aghi cannula, i deflussori. Dopo l'autopsia – alla fine te l'avevano fatta, Giada, non mi avevano ascoltata; glielo avevo spiegato che non ce n'era bisogno, che era inutile, ma loro niente, a insistere che era la prassi – ti avevano ricomposta, pettinata, vestita. Ma io non ce l'avevo fatta a venire. Non volevo vederti cosí – sono rimasta chiusa a chiave nella tua stanza senza aprire a nessuno, nemmeno a tuo fratello, stesa sul letto a fissare la tua bambola di pezza, stesa sul letto a guardare la tua foto con Alessandra a Gerusalemme, anche se non mi piaceva, ma in quella foto eri ancora viva, la mamma non ti voleva vedere aggiustata e pettinata e fredda e senza vita, la mamma non ce la faceva proprio, era al di sopra delle sue forze.

Giacomo sí, invece. Non si è mai mosso dalla camera mortuaria.

Quando arrivava qualcuno, lui si alzava in piedi e controllava che nessuno ti toccasse. Quando la gente se ne andava, lui ti si sedeva di nuovo accanto e ti faceva una carezza.

Solo quando era arrivata Alessandra lui l'aveva lasciata a vegliare su di te ed era andato a fumarsi una sigaretta. Cinque minuti. Al massimo sei. Prima di tornare dentro e riprenderti la mano – è bella, Alessandra, guarda com'è bella, è sempre stata la piú bella, sei d'accordo con me?

Alessandra mi ha raccontato che talvolta Giacomo ti toccava i capelli e ti parlava. Mi ha detto che a tratti si ingi-
nocchiava davanti a te e piangeva. Ha detto che ti guarda-
va, sempre, e ti sorrideva e ti baciava e piangeva – è bella
Alessandra, guarda com'è bella, è sempre stata la piú bella,
lo so che sei d'accordo con me.

È stato lui a recuperare le tue cose: l'orologio che ti aveva regalato per il compleanno – era fiero dei soldi messi da
parte, alcuni prestati da Mario, altri da papà, niente vacanze quest'anno, certo, ma che importa, è per Giada – e
la catenina d'oro della nonna; il fermaglio d'osso e la me-
daglietta della Madonna – ti doveva proteggere, pulcina,
per questo te l'avevo data, perché allora non ti ha protetto?
Non c'era quasi altro nel sacchetto di plastica che gli avevano consegnato all'ospedale e che Giacomo mi ha dato dopo i funerali. Niente soldi. Niente chiavi. Niente penne – la
t-shirt bianca, i vecchi jeans logori all'altezza del ginocchio,
mettevi sempre gli stessi, la mamma ti ripeteva che cosí poi
avresti dovuto buttarli, ma a te non importava, sempre gli
stessi, finché non si rovinavano, e poi ricominciavi dacca-
po con un altro paio di jeans, finché non erano di nuovo da
buttare via.

«Mi avevi promesso che ci saresti stata sempre», ha detto Giacomo il giorno del funerale.
Ha preso la parola durante la messa, dopo la brutta predica di don Pietro, e ha detto che non eri solo sua sorella,
eri la sua migliore amica, eri il suo angelo custode – pallido,
magro, in quella giacca grigio perla, il vestito buono che gli
aveva regalato Andrea, ora sei grande, Giacomo, sei anche
tu un uomo. Ha preso la parola e ha detto che non poteva

finire cosí. È andato a braccio, come gli veniva, come faceva quando conversavate, talvolta per ore, chiusi nella sua stanza, tu e lui e il resto del mondo fuori. Vederti ridere e scherzare con Giacomo era la cosa piú bella. Vi guardavo orgogliosa, fiera di come vi avevo cresciuto. Tra di voi non c'era quella rivalità che spesso s'instaura tra fratelli e sorelle. Tu potevi sgridarlo, maltrattarlo, tormentarlo. Ma gli altri no. «Il resto del mondo fuori», dicevi quando arrivavo correndo dopo aver sentito uno strillo o un singhiozzo. Litigavate, sí. Per qualunque cosa erano scenate e grida, poi però tornavate sempre complici, inseparabili. Come se a unirvi fosse un filo che nessuno avrebbe mai potuto recidere, un giuramento implicito, un patto di alleanza eterna – ricordi quando eri venuta a cena da noi e avevi litigato con tuo padre perché non voleva lasciare andare Giacomo a Gerusalemme? No, non era un motivo il fatto che ci fossi già andata tu, aveva sentenziato Andrea, ma ha diciotto anni, non è piú un ragazzino, avevi detto prendendo le difese di tuo fratello, devi consentirlo anche a lui, perché non fai le cose in modo giusto? Tuo padre aveva citato Robert Brasillach, «la giustizia è seimila anni di errori giudiziari», tu avevi replicato che le sue citazioni, per una volta, se le poteva risparmiare, la giustizia non è affatto questa, se vuoi te lo spiego io cos'è. Giacomo aveva detto che non gli importava poi cosí tanto di andare a Gerusalemme. E tu gli avevi sorriso dicendo che gli volevi bene. Ma proprio tanto.

«Mi avevi promesso che ci saresti stata sempre. Perché mi hai abbandonato?»
E la voce gli si è strozzata in un singulto.

39

– Non appena la vita ci stacca dal mondo dell'infanzia, si fa l'esperienza della solitudine. «Crescere vuol dire andarsene, invecchiare, veder morire», scrive Pavese.

Ho la torta in forno e se non la sorveglio rischio di bruciarla, poi che brutta figura stasera con Paolo, ma la parola «infanzia» cattura la mia attenzione.

– Ne parlavo l'altro giorno con Paolo, a lui però questo rimpianto dell'infanzia non interessa.

– Ha ragione. Che c'è da rimpiangere? – esclamo leggermente allarmata, pensando che io, da bambina, non vedevo l'ora di crescere per andarmene da casa, lasciare la Basilicata, entrare nel mondo. Mia madre diceva: non immaginarti che le cose cambino cambiando città. Diceva: se tu fossi un maschio, capirei, potresti studiare Legge e diventare avvocato o notaio, sai quanti soldi si fanno, ma sei una donna, Daria, che cosa pensi di ottenere? – sempre quel tono distaccato, mentre si aggiustava la piega della gonna e si metteva il rossetto, adesso lasciami stare, però, sono stanca.

– Non è proprio un rimpianto, mamma. Non so come spiegarmi, – rispondi. – È piú una questione di nostalgia. Quando in casa c'era il mondo intero, quella sensazione di riparo, quell'attaccamento infantile e assurdo a qualunque cosa, anche alla bambola di pezza che mi aveva regalato papà quando avevo tredici anni e io gli avevo detto «ma papà, sono grande ormai» –. Mi guardi: me la ricordo, vero, quella bambola di pezza? Crescendo, aggiungi, si è costretti a distinguere l'essenziale dall'inessenziale, e a sbagliarsi, perché l'essenziale, in fondo, è proprio la bambola di pezza che mi ha regalato papà.

Ripenso alla collana di perle di mia madre, gliel'aveva regalata papà subito dopo la mia nascita tornando da un viaggio, perle bianche con i riflessi argento, smettila di toccare la collana, Daria, è fragile, se tiri si rompe, ma è solo una collana, mamma, basta, Daria!

– A un certo punto però si cresce, – dico.

– Sí, si cresce, infatti è questo il punto. Si cresce, ed è come se un territorio ostile ci si spalancasse davanti, lo sforzo costante di essere accettati, la paura di passare inosservati, non so, mamma, c'è un momento in cui diventa difficile gettare un ponte fra il presente e il passato, come se il tempo non riuscisse piú a riprendere il suo corso normale.

Resto in silenzio, non so che altro dire. Poi arriva tuo padre.

– «La mia propria immagine ne veniva riflessa fino a perdersi in una magica distanza», Balzac, *Teoria del racconto*. L'essenziale è qui, Giada, nell'immaginazione –. È piú forte di lui. Non ce la fa proprio a evitare di leggere tutto sempre e solo in chiave letteraria.

– Sí, papà, ma è la realtà che nutre l'immaginario, – sbuffi. – Se manca un tassello, salta tutto.

Qualcuno ti cerca sul cellulare. Rispondi. Ti allontani. Torni poco dopo.

Devi andare, dici. Sei in ritardo. – Sennò perdo il treno.

– Quale treno, pulcina? Dove vai? E l'appuntamento dalla sarta? Avevi promesso di accompagnarmi per il vestito, quello scollato, sai, quello giallo ocra.

– Lo so che te l'avevo promesso, mamma, scusa: è un'emergenza. Devo andare a Napoli per incontrare un produttore. Non posso fare altrimenti. Scusa. Comunque domani sono di nuovo qui, non preoccuparti.

È la prima volta che non mantieni una promessa.

40.

Cristiana sostiene che ogni persona, nella vita, incontra la tragedia. Non è vero che c'è sempre una ricompensa per gli sforzi fatti. Se fosse cosí, il mondo sarebbe giusto. Ma il punto è proprio questo: il mondo è ingiusto. Lo è sempre stato.

– È il «tutto è vanità» dell'*Ecclesiaste*, – dice, – quando il profeta racconta degli oppressi e delle loro lacrime, mentre la forza è dalla parte degli oppressori. C'è il dolore e c'è l'ingiustizia. C'è la sofferenza e ci sono le tenebre. Le ricompense sono rare, esattamente come l'amore.

– L'altro giorno pensavo a quel passaggio della Bibbia in cui si parla di Rachele che piange i suoi figli e che non vuole essere consolata. Perché essi erano e «non sono piú», – le rispondo. È proprio cosí: lasciarsi consolare sarebbe un sacrilegio – la cosa piú intollerabile, quando si perde, è perdere di vista, Giada. Non poter piú né vedere né toccare.

Perché il mio amore non ti ha salvato?

– In inglese c'è una parola che è praticamente intraducibile: *helplessness* –. Cristiana mi spiega che è lo stato in cui ti trovi quando sei senza aiuto, non perché nessuno voglia aiutarti, ma perché nessuno, in fondo, è in grado di farlo. – Quand'è cosí, si può solo restare accanto. Esserci e raccogliere il dolore.

– Perché è successo, Cristiana?

– Daria, non penso che riusciremo mai a saperlo. Se c'è
un perché, Giada se l'è portato via. Ma forse nemmeno lei
sapeva il perché della sua disperazione, il motivo per cui
voleva che tutto finisse –. Rimane in silenzio per alcuni
istanti, poi dice che è inutile interrogarsi sul senso di questo gesto, un suicidio è sempre senza senso, chi sostiene il
contrario mente. – Persino Gesú, in punto di morte, è disperato. E dalla croce chiede al Padre di perdonare, perché lui, da solo, non ce la fa. È un uomo come noi, pieno
di paura e di incertezza. E poi ci sono cose che è davvero
difficile perdonare. Perché accettare la morte di una figlia?

– Ma se non c'è alcun senso, e alcun perdono, perché
dovrei continuare a vivere?

– Ci si deve spostare dal *perché* al *come*, Daria. Prova a
mettere tutto in fila, tutti i ricordi e tutte le parole, quello che avete vissuto insieme e quello che le hai insegnato,
quello che hai imparato da lei e quello che puoi ancora imparare dalla vita. Prova a pensare che queste cose esistono,
e niente potrà mai cancellarle. Pensa che lei è sempre con
te, anche se non c'è piú. Che il vostro amore non finisce.
Vivi con lei, Daria. Con quello che ti sussurra quando la
ascolti, perché lei continua a parlarti e a esserci, non di-
menticartelo.

Piango a dirotto. Cristiana non mi chiede di smetterla
o di trattenermi. Mi lascia piangere. Si accontenta di re-
starmi accanto. Poi, con un sorriso, dice: – Dio conta le
lacrime delle donne.

– Ma ormai con me deve aver perso il conto –. Accenno
anch'io un breve sorriso. – Lo diceva sempre anche Giada, che Dio contava le sue lacrime. Lo diceva cercando i
fazzoletti. E allora una volta, scherzando, le dissi che per
Natale le avrei regalato un corredo di fazzoletti, cosí ero
a posto, non c'era piú bisogno di scervellarmi per cercare

di essere originale, tanto, con lei, non c'ero mai riuscita. Le avevo provate tutte. Anche semplicemente per mostrare a mia madre che ne ero capace, che non ero come lei.

– Com'era tua madre? – mi domanda Cristiana.

– Indifferente. Scostante. Sempre stanca.

– Stanca?

– Lo diceva la nonna, diceva che mamma era stanca e che dovevamo lasciarla tranquilla, mio padre sempre in viaggio per lavoro, era meglio che dormissi a casa sua, insomma, scuse pietose, ho sempre pensato che fossero scuse, ho provato a parlarne con mia madre, ma non sono mai riuscita a capire quale fosse il problema, forse non era successo niente, non mi voleva bene, punto, forse non mi voleva proprio, – dico tutto d'un fiato.

– Daria, non pensi che dovresti provare a parlare di nuovo con tua madre?

– E a che serve, ormai?

Parte quarta

Non sempre la verità ci aiuta ad amare il mondo,
ma senza dubbio ci impedisce di odiarlo.

GREGORY DAVID ROBERTS, *Shantaram*.

41

Ho preparato per Paolo la torta che faceva sempre mia nonna – sai, Giada, quella di pasta frolla farcita con la crema al limone che a lui piaceva tanto, ma Paolo, basta con questa torta, l'hai già presa due volte!, dài, Giada, un'ultima fetta, posso?, poi ti lamenti che ingrassi!, tanto quando sono con te i dolci non si mangiano mai.

Con Andrea ci siamo detti che gli avrebbe fatto piacere, anche Giacomo era d'accordo, tu avresti voluto cosí – sai, mamma, quando viene qui, Paolo si sente a casa, anzi, meglio di casa, con i suoi non ha piú molti rapporti, sono anni che non parla con il padre.

Non vedevo Paolo dal giorno in cui mi ha raccontato del dottor Graziano – spesso mi chiama, sí, è come dicevi tu, è proprio un bravo ragazzo – e quando gli apro la porta mi emoziono. Anche tuo padre è emozionato. Cerca di nasconderlo, ma si vede; vuole essere gentile, ma si impappina.

– Ciao, Daria, come stai?

Paolo mi abbraccia.

– E tu?

Cristiana mi ha detto che non devo rispondere per forza, se non ho voglia di farlo. Ha detto che non c'è bisogno di giustificarsi sempre, posso pure rinviare le domande al mittente.

– Vieni, Paolo, accomodati, – lo accoglie Andrea. – Daria ha preparato la torta al limone, andiamo in salone. Siediti. Ora arriva anche il tè.

– Andate, vi raggiungo, – dico.

– Aspetta, Daria, questa è per te –. Paolo mi mostra una borsa. – È per voi, – si corregge. – Ci sono dentro alcune carte di Giada.

– Di che si tratta? – chiede Andrea.

– Perché ci dài questa roba adesso?

Lo fisso interdetta.

– Daria, non riuscivo a mettere mano alle cose di Giada. Ogni volta che ci provavo avevo una stretta al cuore e mi bloccavo. Mi ci è voluto molto tempo. Scusa, scusate, – balbetta Paolo.

– Ma di che si tratta? – ripete Andrea.

– Materiale che Giada ha raccolto negli ultimi due, tre anni, è meglio se guardate voi, – dice Paolo. – Ci sono appunti, lettere, documenti vari. Guardateli con calma, quando ve la sentite, – aggiunge. – Fatelo, però. Credo sia importante.

Prendo la borsa e invito Paolo a seguire tuo padre nel salone. Prendo la borsa e dico che vado a posarla nella tua stanza, cioè, in quella che era la tua stanza, più tardi guardo, mi dico, più tardi, e appoggio la borsa sulla scrivania. Perché non me l'ha portata prima?, penso andando in cucina a preparare il tè – sai, Giada, quel tè verde al gelsomino che ti piaceva tanto, quello che cresce nello Sri Lanka.

Qualche giorno fa ho iniziato a svuotare la tua stanza – ho preso un sacchetto e l'ho riempito di camicie e scarpe per Alessandra, avete più o meno la stessa taglia, anche lei è alta e magra, avete più o meno gli stessi gusti, anche lei ama le cose semplici. In una scatola marrone ho infilato l'orsacchiotto bianco di quando eri bambina. In una lilla ho riposto la foto che avevi appeso sopra la scrivania e il portafoglio che mi aveva dato Paolo quella sera, aprendolo avevo trovato alcuni biglietti da visita e tanti documenti: c'era il passaporto che ti eri fatta fare per andare a Gerusalemme e la carta di identità che scadeva nel 2014, c'era il codice fiscale e l'abbonamento della metropolitana, la tessera sanitaria e quella della Biblioteca nazionale, c'era la carta della Feltrinelli e quella della Rinascente, una foto di Giacomo piccolo e una di voi due insieme.

La bambola di pezza, invece, è sempre lí, non voglio disfarmene, mi fa compagnia quando dipingo. Dipingo di nuovo, sai? Niente di che, pulcina, ho perso la mano, ma almeno ci provo, almeno faccio qualcosa.

Giacomo ha ragione, la tua stanza non può essere un monumento funebre, non l'avresti mai accettato, già quando eri andata a vivere con Paolo mi avevi detto di utilizzarla, è un peccato lasciarla cosí.

Quando torno nel salone con il tè – sai, Giada, quel tè verde al gelsomino che ti piaceva tanto, quello che cresce nello Sri Lanka – Andrea e Paolo stanno parlando di università e concorsi.

– Non ce la faccio a finire la monografia, non riesco ancora a concentrarmi, – dice Paolo.

– Ma quanti articoli hai nelle riviste di fascia A del tuo settore disciplinare? – domanda Andrea. – Sono quelli, ormai, che dànno punteggio in termini di pubblicazioni.

– Tu hai letto le carte di Giada, Paolo?

Lo chiedo, è piú forte di me. Non riesco a smettere di pensare a quella borsa, e chissenefrega delle riviste di fascia A.

– Daria, domani guardiamo insieme con calma, – dice Andrea. – Ora fammi capire come sta messo Paolo con il concorso.

- Sí, Daria, le ho lette, - risponde Paolo. - È per questo che credo dobbiate anche voi -. Poi si rivolge ad Andrea: - Non penso di partecipare al concorso. Aspetto il prossimo. Tanto che fretta c'è, ora?

- Ma chissà quando ne bandiscono un altro. Fossi in te, ci proverei, - consiglia Andrea. La voce gli trema, ma va avanti lo stesso. - Giada diceva sempre che questo concorso per te era fondamentale. Devi andare avanti, Paolo. È quello che vorrebbe lei.

- Lascialo tranquillo, Andrea. Giada vorrebbe anche questo.

- Non c'è istante in cui non pensi a lei -. Gli occhi di Paolo si riempiono di lacrime. - Mi mancherà sempre, - sussurra. - Ora però vado.

- Paolo, prendi un'altra fetta di torta, finisci almeno il tè.

- Sai, Daria, dopo aver letto i documenti, ho capito di non aver mai saputo cosa volesse Giada.

42.

Nella borsa che ha portato Paolo ci sono una cartellina rossa con gli elastici, un raccoglitore blu con gli anelli, un faldone viola. Dentro: formulari, ritagli di giornale, articoli, schede, fotocopie, appunti.

Guardo tutto con attenzione. Cioè, non proprio attenzione, ma diligenza. Anzi, cautela. Ho un presentimento, un'ansia improvvisa.

A un certo punto, gli occhi mi cadono su una busta di plastica con un'etichetta azzurra su cui c'è scritto in stampatello: «Adozione». Subito tiro fuori il contenuto, dimenticando cautela e precisione. La vista mi si annebbia.

Forse avrei dovuto aspettare Andrea, prima di aprire la borsa.

Vado in cucina a bere un bicchiere d'acqua. Vado in camera da letto a prendere gli occhiali. Vado sul balcone. Respiro forte e torno in camera tua – quella che ho iniziato a svuotare, quella che non può diventare un monumento funebre, quella dove ho ricominciato a dipingere, o almeno ci provo.

Sfoglio gli appunti.

La vista si appanna di nuovo.

Sei tu che li hai presi, questi appunti, tesoro, riconosco bene la tua grafia pulita, quella che hai sempre avuto, lo stampatello accurato che la maestra mostrava con orgoglio: guardate, mai un errore, mai una sbavatura d'inchiostro.

E mentre tentenno perché non so da dove iniziare, mi rendo conto che su un foglio c'è una specie di scheda riassuntiva:

NOME: Giada Laurenti (alla nascita Amelia Romei)

PAESE DI ORIGINE: Italia, Lazio, Roma (nata al Gemelli, trasferita al Centro di accoglienza per la prima infanzia di Villa Pamphilj)

ANNO DI ADOZIONE: 1986

ETÀ DI ADOZIONE: 6 mesi

ORIGINI: abbandono alla nascita; madre ignota? Anonimato? (vedi elementi giuridici; lettera al Tribunale per i minorenni di Roma; registrazione della seduta col dott. Graziano del 12 maggio 2011)

RIVELAZIONE: a 5 anni e mezzo, quando mamma è incinta di Giacomo (vedi registrazione della seduta col dott. Graziano del 19 ottobre 2010)

Scusa, Giada, ma perché registravi e sbobinavi le sedute di analisi? E Graziano lo sapeva? Lo facevi di nascosto? Ci sono tutte? Sí, ci sono tutte, le hai raccolte in una cartellina trasparente. Ecco la prima, risale al marzo del 2010. No, l'ultima non c'è, manca quella del 14 ottobre 2011. Le metto da parte, tremo. Riprendo a leggere il foglio di appunti.

CASA: la casa dei miei genitori adottivi, casa-mamma, casa-nanna, casa-tutto

ADOLESCENZA: libri, sogno di scrivere; niente ragazzi fino a Paolo (17 anni)

RAPPORTO CON IL PARTNER: paura di perderlo. Anche se Paolo mi dice che mi ama, non ce la faccio a non pensare che prima o poi mi lascerà

RAPPORTO CON I GENITORI ADOTTIVI: perfetto. Perché allora voglio sapere da dove vengo? Paura di ferire mamma (vedi stenografico audizione associazione genitori adottivi)

RICERCA ORIGINI: contatti a partire dalla fine del 2009 con il Co-

mitato per il diritto alla conoscenza delle proprie origini. Su e
giú da Napoli (vedi registrazione della seduta col dott. Graziano del 18 maggio 2011). Referente comitato: Agnese Melillo

Ripenso a quel pomeriggio, quando dicevi a tuo padre
che l'immaginazione deve potersi ancorare a un asse solido.

Ripenso alla telefonata che avevi ricevuto sul cellulare
e alla fretta che avevi all'improvviso di andare via.

Ripenso al treno per Napoli che avevi paura di perdere.

Metto in fila una cosa dopo l'altra, e capisco che non
avevo capito niente.

Ripenso a tutto e piango – perché avevi paura di ferirmi, Giada?

43

Andrea ha detto di non farlo. Ha detto che è inutile violare la tua intimità. Ha detto che, se avessi voluto parlarmene, lo avresti fatto. Ha detto: «Cosa fatta, capo ha», sí, tesoro, ha detto cosí, «cosa fatta, capo ha», proprio come nonna Amelia quando mi sorprendeva a rimuginare su quanto avrei potuto fare e non avevo fatto, invece di voltare pagina, nel modo in cui faceva sempre lei. Ma questa volta Andrea si sbaglia.

Se cercavi qualcosa, Giada, non posso ignorare queste carte. E tuo padre nemmeno. Anzi, dobbiamo coinvolgere anche Giacomo.

– Andrea, leggi. Per una volta ascoltami, ti prego.

– Ha ragione mamma. Dobbiamo guardarli, questi documenti. Non essere cocciuto, – dice Giacomo e, ignorando le proteste del padre, prende un foglio dattiloscritto e glielo mette davanti agli occhi.

Effetti dell'adozione con sentenza definitiva:

1. L'adottato acquista lo stato di figlio nato nel matrimonio degli adottanti.

2. Cessano i rapporti dell'adottato con la famiglia d'origine.

3. Qualunque attestazione di stato civile (certificato di nascita, certificato di matrimonio, ecc.) riferita all'adottato deve essere rilasciata con la sola indicazione del nuovo cognome e con l'esclusione di qualsiasi riferimento di paternità o maternità.

4. L'ufficiale di Stato civile, l'ufficiale di anagrafe e qualsiasi altro ente pubblico o privato, autorità o pubblico ufficiale, debbono rifiutarsi di fornire notizie, informazioni, certificati, estratti e copie dai quali possa risultare il rapporto di adozione, salvo autorizzazione espressa dell'autorità giudiziaria.

5. L'adottato può, raggiunta l'età di 25 anni, accedere a informazioni che riguardano la sua origine e l'identità dei propri genitori biologici.

Alcune parole sono sottolineate con il pennarello viola.

Dico che non è casuale il colore che hai scelto, li conosci troppo bene, i colori, non può essere un caso.

– E il viola che significa? – chiede Giacomo.

– Il viola è il colore preferito dai bambini. Nasce dalla mescolanza del rosso e del blu, è il colore della transizione, della metamorfosi, del mistero.

– Ma Giada non era piú una bambina, – mi interrompe irritato Andrea.

– Aspetta, non ho finito. Il viola è anche il colore della penitenza e del dolore, del tormento e della tristezza. Talvolta indica la paura e l'assenza di controllo –. Mi blocco all'improvviso.

– Che ti prende, mamma?

– È il colore preferito da chi non si sente compreso, – rispondo tremando, mentre cerco l'aria che mi manca.

Andrea mi osserva scettico.

Non ha mai creduto al significato dei colori. Esattamente come non ha mai creduto al significato dei numeri o dei chakra. Per lui, solo le parole contano, quelle che ti aveva insegnato quando eri piccina, perché lui con le parole era bravo e tu gli assomigliavi.

Giacomo mi osserva scettico.

Poi mi chiede di andare avanti nella lettura.

Certificato di nascita: contiene i dati essenziali che riguardano l'identità di una persona: nome, cognome, data e Comune di
nascita; l'estratto rilasciato dagli ufficiali di Stato civile può contenere anche annotazioni marginali: nominativo dei genitori ecc.
In nessun caso, però, viene fatto accenno all'adozione: la filiazione adottiva rimpiazza definitivamente la filiazione naturale.

– Cos'è quel «Nota bene» scritto in maiuscolo accanto
alla parte stampata?
– Sono appunti di tua sorella. Il colore è cambiato. Guarda, ora è scritto in rosso.

È tutto falso, anche il nome è falso: quando sono nata mi
chiamavo Amelia.

Scrivi: «È opera di un falsario eccellente, lo Stato, con
il beneplacito dei tribunali».
Scrivi: «Chissenefrega!!!»
Scrivi: «Che ne sapete voi di quando si vive con il caos
dentro?!»
Scrivi che dire che la filiazione adottiva rimpiazza quella
naturale non ha alcun senso, che in seconda elementare la
maestra ti ha spiegato che il certificato di nascita dice chi
siamo, racconta la nostra storia ed è il punto di partenza
per determinare la nostra identità. Scrivi: «Smettetela di
raccontare frottole ai bambini!»
Scrivi: «E i miei veri genitori?»

– Cosa cercava Giada, secondo te? – Andrea è turbato.
– Di quale caos parla? Perché dice che le sono state raccon-
tate frottole? Tu ci stai capendo qualcosa, Daria?
Non rispondo, continuo a leggere. C'è di nuovo una
parte dattiloscritta, e altri appunti. Se vogliamo capire,
penso, dobbiamo andare avanti.

Copia integrale dell'atto di nascita: è il documento che riporta integralmente i dati identitari, compresi quelli riguardanti l'adozione e il cambio di nome e cognome. Lo si ottiene solo nel Comune di nascita, previa richiesta dell'interessato.

Sopra il testo, un «Falso» aggiunto in viola. Accanto, di nuovo un «Nota bene» in rosso: scrivi che le persone adottate non ottengono affatto questa copia integrale dell'atto di nascita previa loro richiesta, ma «previa autorizzazione del tribunale».

Scrivi: «Odio questo linguaggio».
Scrivi: «Tanto vale dire che non si è autorizzati».
Scrivi: «Non si ha nessun diritto».
Scrivi: «Si è abbandonati a sé stessi [ah sí, dimenticavo, ABBANDONATI, parola chiave di tutta la vicenda. IDEA PER LA PROSSIMA SCENEGGIATURA: il giudice che le dice: lei è stata abbandonata! si metta l'anima in pace! con chi se la vuol prendere? col destino? con la sorte? con i suoi genitori adottivi? FIGURA DEL GIUDICE: pensare all'uomo nero della ninna nanna di mamma; pensare a Barbablú; pensare al divieto di aprire la porta]».

Giacomo mi afferra il braccio, stringe. Mi volto verso di lui.
– Per Giada è sempre stato tutto in salita. Con quella paura costante di deludere e il bisogno di essere amata. Non sono stato capace di starle accanto, di proteggerla, di farle capire quanto le volessi bene.
– Giacomo, non è colpa tua –. Ora sono io a prendergli la mano, a stringergliela. – Andrea, diglielo anche tu che non c'entra niente.
– A Giada volevano tutti bene, non poteva non rendersene conto, – mormora tuo padre.

– Lei diceva che le volevano bene solo perché non la conoscevano. Che era cattiva. Lo ripeteva sempre. E a me questa parola faceva ridere. Anche perché, quando diceva «cattiva», aveva una voce da bambina. Cosí, di punto in bianco, tirava fuori quel «cattiva». Io ridevo e lei si arrabbiava. Mi diceva che ero uno stronzo e la sua voce ritornava normale, di nuovo Giada grande.

Giacomo sorride. Ha gli occhi lucidi. Andrea gli posa timidamente una mano sulla spalla.

Restiamo cosí.

I nostri tre corpi vicini, legati l'uno all'altro.

44.

Telefono a Cristiana e le chiedo se posso passare da lei nel pomeriggio. – È urgente, – dico. – Non ci sto piú capendo nulla.

– Daria, scusa, ma di che parli?

– Dei documenti che ha raccolto Giada, – rispondo concitata, come se Cristiana sapesse di Paolo, della borsa, delle trascrizioni delle sedute col dottor Graziano.

– Va bene, vediamoci alle sedici. Ora, però, cerca di calmarti. Quando vieni mi racconti tutto. Perché intanto non dipingi?

Non appena Cristiana apre la porta, vado a sedermi nel suo studio, senza nemmeno salutarla. Le dico che era ovvio che stessi male, questa storia dell'abbandono ti perseguitava, era un'ossessione, ma cosa ti mancava esattamente?

Cristiana si siede. Sistema una ciocca di capelli dietro le orecchie. Sospira. Mi chiede di raccontarle tutto dall'inizio.

– Aveva paura di ferirmi. Doveva stare proprio male, sai? – le dico. – Altrimenti non si spiegano tutte queste ricerche e questi appunti, il viola e i «Nota bene». Ma che cosa le mancava esattamente?

Ancora una volta Cristiana mi chiede di raccontarle tutto dall'inizio.

Solo quando finisco di parlare, prende la parola.

– Vedi, Daria, essere separati alla nascita dalla donna che ci ha portato in grembo per nove mesi genera uno
strappo violento, l'abbandono è un trauma, – me lo ha già
detto tante volte, ma prima, forse, era troppo presto, non
ero pronta. – Oggi sappiamo che queste separazioni sono
traumatiche sia per la madre sia per i figli, soprattutto se
poi nessuno aiuta i bambini a capire che non è colpa loro,
non sono stati abbandonati perché erano cattivi, ma solo
perché la madre non poteva tenerli, o forse non li voleva. È
un buco comunque, anzi è una voragine. Una storia in cui
manca sempre un pezzo, come un puzzle incompleto.

«C'è un buco. Questa cosa mi fa impazzire».

Tiro fuori dalla borsa un pacchetto di sigarette e domando a Cristiana se posso accendermene una. Ho ricominciato, Giada, scusa, lo so che non va bene, ma come faccio a
concentrarmi adesso se non fumo?

– Vado a cercarti un posacenere, – dice Cristiana. – Stai
bene?

– Ma allora perché il dottor Onofrio mi diceva di dimen-
ticare che Giada era stata adottata? Ripeteva che ormai
era mia figlia e come ogni bambino aveva solo bisogno di
serenità e di certezze.

– C'è un verso molto bello di Wisława Szymborska che
dice piú o meno cosí: «Alla nascita d'un bimbo, | il mondo
non è mai pronto», – cita Cristiana.

Aspiro l'ultima boccata di fumo pensando che Szymborska era una delle tue poetesse preferite. Poi spengo la
sigaretta. Fisso il posacenere di porcellana bianca. Resto
qualche secondo in silenzio.

– Cioè?

– Voglio dire che solo negli ultimi anni ci si è interes-
sati sul serio agli effetti dell'abbandono e a quella che

gli specialisti chiamano la perdita della relazione prima-
ria nei bambini adottati, – spiega. Prima di aggiungere
che quando sei nata tu, nonostante la psicanalisi fosse
ormai diffusa in Italia, c'erano ancora molti pregiudizi
e la pediatria faceva fatica a integrare l'idea che la salu-
te dei bambini non fosse il semplice risultato di fattori
medico-organici. – Alla nascita di Giada, il mondo non
era pronto, Daria.

  – E quindi?

  – Oggi sappiamo che per un bambino, indipendentemente dal momento in cui è avvenuta, la perdita della
madre biologica rappresenta un trauma. Il fatto che un
neonato non sia consapevole di quello che gli sta accaden-
do non significa che non sia importante o che quella mancanza di consapevolezza non avrà conseguenze nel tempo.

  – E quindi? – Sono impaziente.

  – È probabile che tua figlia, come ti ho appena detto,
stesse cercando di mettere insieme i pezzi del puzzle della sua vita.

  – Basta con questo puzzle, Cristiana, – dico brusca. Poi
le chiedo scusa.

  – Il puzzle è solo una metafora, Daria, serve per esprimere il bisogno di trovare una risposta alle domande che
un bambino adottato si porta dentro fin da piccolo.

  – Ma perché tutte queste domande? – Sono in preda
all'ansia.

  – Prova anche solo un istante a immaginare tutti i fan-
tasmi che possono nascondersi dietro la parola «abbandono». Se ci pensi, in genere si abbandona ciò che non ha
valore. Si abbandona ciò che non serve, ciò che è inutile,
ciò che non si ama.

  – Ma Giada era amata –. Ora è davvero troppo, come
potevi pensare di essere inutile, tesoro? Non è così, non

può essere cosí. – Per me e per suo padre, Giada era tutto –.
Alzo la voce. – Altro che inutile e senza valore, – urlo, ripetendomi che io non sono come mia madre, io c'ero sempre, non ti lasciavo mai sola, ti coccolavo e ti consolavo,
non ero mai stanca, mai. Poi mi ricordo di quel giorno in
cui al gioco delle parole dicevo «albero» e mi rispondevi
«verde», dicevo «verde» e mi dicevi «giallo», dicevo «giallo» e aggiungevi «luce», dicevo «luce» e arrivava «buio»,
dicevo «buio» e mi rinfacciavi «cattiva».

   – Non è questo il punto, Daria. Giada sapeva benissimo
che l'amavate. Il problema è quello che è successo prima.

   – La madre naturale, insomma, – alla fine cedo.

   Forse non volevo vedere, Giada. Sí, di sicuro è cosí.
Non volevo vedere. Ma perché? Avevo paura? Sí, avevo
paura. È questo che intendi quando nei tuoi appunti dici
che non vuoi ferirmi, tesoro?

   Cristiana mi dà tregua per qualche minuto. Apre la finestra e si accende anche lei una sigaretta.

   Da fuori arriva il rumore assillante di un clacson.

   Le lancio un'occhiata infastidita.

   Richiude la finestra. Torna a sedersi.

   – È importante che pian piano ti renda conto di quello
che ha vissuto Giada, – dice Cristiana. – Anche se è doloroso, Daria, lo so, è estremamente doloroso.

   Mi stringo nelle spalle.

   – La cosa piú difficile da capire, per un bimbo adottato,
è che il suo valore è fuori discussione, e che l'abbandono
non dipende da come è lui, ma dalla situazione in cui si
trova la madre al momento del parto. Per questo oggi si
suggerisce ai genitori adottivi di parlare subito con i bambini, sin dal giorno in cui li prendono con sé, anche se sono molto piccoli, e di spiegare loro che, nella stragrande

maggioranza dei casi, le donne che non riconoscono i figli non li abbandonano, ma li lasciano.

– Scusa, e quale sarebbe la differenza?

– La differenza è fondamentale: l'abbandono implica sempre qualcosa di negativo; il lasciare no, al contrario. Si lascia ciò che non si è in grado di tenere; si lascia ciò che è talmente prezioso da meritare qualcosa di meglio.

– Ma Giada era tutto quello che avevo, la cosa piú preziosa.

– Tutto quello che avevi?

– Sí, tutto, – sussurro. Il cuore in pezzi. La maglietta bagnata dalle lacrime che non smettono di scendere.

– E se ti dicessi che forse questo ha rappresentato un problema supplementare, un'altra difficoltà, per lei?

Mi avvicina la scatola dei kleenex. Io resto immobile. Chissenefrega delle lacrime. Chissenefrega della maglia. Chissenefrega di Cristiana. Non voglio nulla. Non mi importa piú di nulla.

Eri il mio tutto ed era un problema, pulcina, un altro problema ancora, allora ho veramente sbagliato ogni cosa. Ma che dovevo fare, perché ho sbagliato?

Ho smesso di piangere, ormai, però non ho piú aperto bocca. E quando Cristiana mi dice che per oggi è meglio finirla lí, annuisco e scatto in piedi.

– Procediamo in questo modo, Daria, – mi accompagna alla porta. – Continua a guardare con calma i documenti raccolti da tua figlia e poi ci rivediamo. Evita magari le trascrizioni delle sedute con Graziano, visto che ancora non le avete lette. Lo facciamo poi insieme. Credo sia molto importante quello che è successo oggi. Dobbiamo andare avanti.

45.

Mark Twain ha scritto che i due giorni piú importanti nella vita di una persona sono il giorno in cui nasce e quello in cui scopre il perché. Per me no. Non posso farci niente – ho cominciato a festeggiare il giorno del mio compleanno solo quando sei stata tu a chiedermelo, la prossima volta le spegni, le candeline, mamma? bello quest'orsacchiotto bianco! ora lo mettiamo sul letto accanto agli altri, ma le candeline le spegni anche tu quest'anno, vero? Il giorno piú importante è stato quello in cui ti ho preso in braccio per la prima volta a Villa Pamphilj. Ti ho preso in braccio, e si è aggiustato tutto. Ti ho preso in braccio, e il mondo si è riparato.

Per me, la verità era questa.

Allora..

Ci penso uscendo dallo studio di Cristiana, gli occhi gonfi, il cuore gonfio, una morsa al petto. Ci penso entrando nella tua stanza, mentre lo stomaco si serra e ho solo voglia di continuare a piangere.

Ci penso aprendo la cartellina, sfogliando i tuoi appunti.

Stampati e sottolineati in viola, ci sono alcuni passaggi del Codice civile in cui si dice che una donna incinta ha diritto non solo a non riconoscere un figlio, ma anche all'anonimato. Può partorire e andarsene senza correre il rischio che il proprio nome compaia sull'atto di nascita.

I fogli sono di nuovo pieni di «Nota bene» e di osservazioni al margine. Soprattutto quando si parla di parto anonimo, di madre che non consente a essere nominata, di diritto della donna a non comparire come madre.

Scrivi che la norma risale all'epoca del fascismo e che la *ratio* è folle – lo scrivi proprio cosí, in latino, e devo chiedere ad Andrea prima di capire che, quando si parla di *ratio legis*, si parla delle ragioni che spingono il legislatore a introdurre determinate norme; non ha senso dire che il parto anonimo evita abbandoni e infanticidi: «Magari non ti lasciano per strada o nei cassonetti, ma ti abbandonano lo stesso; è assurdo pensare che cosí si proteggano i bambini».

Scrivi: «Bella protezione! [questa storia che cosí diminuirebbero gli abbandoni proprio non si capisce (*sic!*)]»

Scrivi: «Vedi sentenza della Corte costituzionale del 1994 [ora ci si mette anche la Corte; e il diritto dei figli?; niente diritti per loro??]»

Pare che al momento del parto, se la madre manifesta la volontà di non essere nominata, siano il medico o l'ostetrica a dichiarare la nascita dei bambini. Pare che il Tribunale per i minorenni possa pronunciarsi sulla loro adottabilità subito e senza ulteriori accertamenti. Pare che, una volta che l'adozione è definitiva, nessuno possa piú fare nulla – d'un tratto mi tornano in mente le parole di Laura e il colloquio col giudice, il giorno in cui mi è arrivato il decreto di adozione e la gioia di tenerti in braccio, finalmente mia, finalmente madre; d'un tratto penso che la verità fa proprio schifo e che forse è meglio lasciar perdere; d'un tratto penso che è la vita a fare schifo e che forse non vale la pena andare avanti; poi penso: smettila, Daria, dovresti vergognarti; poi: scusa, tesoro, ora mi concentro; poi: certo che la mamma non aveva proprio capito nulla.

Scrivi che essere dichiarati adottabili, senza ulteriori accertamenti, è un'«ingiustizia», è una «barbarie».

Scrivi: «Balle!!»

Scrivi: «Affidateli voi i vostri figli alle autorità competenti!!! [se non c'è alcun ulteriore accertamento, vuol dire che va tutto bene, non c'è nessun problema, no?]»

Scrivi: «Il non riconoscimento non è un gesto responsabile».

Scrivi: «Bugie!»

Osho ha detto che, nel momento in cui nasce un bambino, nasce anche la madre. Lei non è mai esistita prima. Esisteva la donna, ma la madre no. Una madre è qualcosa di assolutamente nuovo. Andrea me l'ha raccontato il giorno in cui siamo venuti a prenderti in viale di Villa Pamphilj. Sarei stata una madre meravigliosa e sarebbe andato tutto bene.

Ci ripenso leggendo i tuoi appunti e mi dico che questo Osho doveva essere un imbecille.

E anche Andrea.

E io ancora piú imbecille di Osho e di Andrea.

Come si fa a dire che una madre nasce quando nasce il bambino? E se la madre abbandona il bambino, diventa lo stesso una madre? E se una madre non lo mette al mondo, quand'è che nasce allora?

46.

– Ce l'hai oggi, l'esame di Filosofia morale?

Giacomo è in cucina e fissa la scatola di cereali appoggiata sul tavolo. Ogni tanto beve un sorso di caffè. Poi ricomincia a fissare i cereali.

– Sí, mamma, – risponde stanco. Tace per alcuni istanti. Poi riprende: – Però non credo di andarci. Non ho ancora deciso, ma...

– E se ti accompagnassi?

Tuo fratello si è bloccato con gli esami. Non è che non studi, anzi. Passa ore e ore chiuso nella sua stanza a leggere gli appunti, sottolineare i libri di testo, fare schede riassuntive, ripetere ad alta voce. Esce sempre meno. Neppure Mario si capacita di come sia possibile – ti assicuro, Daria, mi ha detto, è molto piú preparato di me, l'altro giorno abbiamo ripassato insieme e sapeva tutto; quando arriva il giorno dell'esame, però, entra in crisi e si rifiuta anche solo di provare.

Andrea mi ha detto che capita, è la cosiddetta crisi universitaria. Sono tanti i ragazzi che, a un certo punto del proprio percorso di studi, perdono la concentrazione e non ce la fanno a preparare gli esami in modo adatto. Talvolta è una questione di fiducia in sé stessi. Talvolta smettono di credere nel proprio progetto e non sono piú convinti di aver scelto la facoltà giusta. «Non credo che sia questo il problema di Giacomo, sai? Sin dal liceo voleva iscriversi a Filosofia. Per lui è sempre stata una passione. Anche quando Giada lo prendeva in giro e gli diceva che è troppo astratta, lontana dalla vita reale, sganciata dalle sfumature dell'esistenza. A lui piaceva la logica delle argomentazioni, altro che il mondo della letteratura e dei voli pindarici, Giada!, diceva, vuoi mettere con la purezza dei concetti?»

Andrea ha risposto che probabilmente avevo ragione. Dopo quello che è successo, sarebbe stato strano il contrario. «Adesso però dobbiamo aiutarlo. Altrimenti la situazione si incancrenisce, Daria, poi è difficile venirne fuori».

«Hai provato a parlargliene? Tu questi meccanismi li conosci meglio di me. Che vuoi che ne sappia io di esami e piani di studio?»

«Ma la madre sei tu. Giacomo, adesso, ha piú bisogno dell'affetto della mamma che dei consigli del papà».

Nonostante in università ci sia una bolgia infernale – come si fa a fare gli esami in queste condizioni? – sono riuscita a sedermi. Aspetto che Giacomo esca dall'aula. Mi guardo intorno imbarazzata pensando che ci sono solo ragazzi e professori. Speriamo che nessuno mi chieda nulla, mi dico, non mi sono mai sentita a mio agio in questo luogo, anche quando ci venivo con Andrea e lui mi presentava ai colleghi e agli amici. Non è il mio mondo, mi dico, ripensando alla prima volta in cui ci ho messo piede, ero appena arrivata a Roma e volevo iscrivermi ad Architettura, poi ho capito che in fondo non era quello che mi interessava. Non è il mio mondo, mi ripeto, concentrandomi di nuovo su Giacomo e sul suo esame di Filosofia morale – Andrea mi ha detto che sarebbe stato sufficiente convincerlo a entrare, vedrai che andrà tutto bene, Daria, una volta che è dentro, è fatta.

E quando dopo pochi minuti lo vedo uscire – ma che razza di esame è? come si fa a valutare la preparazione di uno studente in meno di un quarto d'ora? – Giacomo è felice. Cioè, non proprio felice, sollevato. Come se prima avesse portato un macigno sulle spalle.

– Trenta e lode –. Sorride. – Grazie, mamma, grazie!

Si butta fra le mie braccia e continua a ripetere grazie, come quando era piccolo e diceva «grazie grazie grazie», tutto di seguito, senza smettere, solo perché gli avevo permesso di coricarsi piú tardi – sí, Giacomo, va bene, questa sera facciamo un'eccezione, guarda pure il film con tua sorella, un'eccezione, però, sai che vuol dire «eccezione», vero? «Grazie grazie grazie grazie», era diventato un gioco. Basta ora, Giacomo, altrimenti la mamma cambia idea.

– Dài, basta con questi ringraziamenti –. Penso che è ancora piccolo. Ha ragione Andrea, ha bisogno della sua mamma.

– Ora dobbiamo festeggiare. Vieni, c'è un bar proprio qui vicino. Offro io.

– Chiamiamo papà? – gli dico.

– Vedrai che è già lí. È il suo bar, e sono le undici e mezza. È l'ora del caffè. Lo sai com'è abitudinario lui, no?

Infatti Andrea è lí che ci aspetta, seduto a un tavolino – ce n'è uno sulla destra, proprio accanto alla porta, piccolo e tondo, ma va benissimo, Andrea, basta stringersi, ci stiamo tutti e tre, sí, è perfetto.

Ci sediamo l'uno accanto all'altro, appiccicati. È ancora presto per la pausa pranzo degli studenti e i camerieri sono indaffarati a sistemare panini e pizzette dietro il banco, tra un'ora ci sarà la calca, nemmeno il tempo di respirare tra una Coca Cola Zero e un aperitivo, le mandorle salate e i tramezzini, caffè, cappuccini, cornetti, macchiato caldo con la schiuma, un goccio di latte freddo, grazie, mi può dare un bicchiere d'acqua liscia temperatura ambiente, per favore?

– Allora, Giacomo, la tesi poi con chi la fai? Hai deciso?

– Dài, papà! Vedi, mamma, te lo dicevo che non è mai contento.

Tuo padre e tuo fratello scherzano. In questo bar, stretti intorno a un tavolino troppo piccolo accanto alla porta, noi tre siamo di nuovo una famiglia.

47

– Gli ho detto: «E chissenefrega. Tanto non sono nemmeno tua sorella!» Avevamo litigato. O meglio, stavo litigando da sola. Giacomo era lí che subiva. Ma dopo aver avuto incubi tutta la notte mi sono alzata nervosa e non avevo alcuna intenzione di giocare con lui o di assecondarlo. Allora, quando mi aveva detto: «Non siamo piú amici» – lo faceva sempre, era il nostro modo di volerci bene – invece di dirgli che non aveva alcun senso perché tra fratelli e sorelle non si è mica amici, si è fratello e sorella, punto, gli ho urlato quel «chissenefrega!» E lui, pallido: «Ma dài, Giada, che dici?» All'improvviso ancora piú piccolo dei suoi sei anni appena compiuti. E io imperterrita: «Dico solo la verità. Perché, non lo sapevi? Scusa, ma la storia del brutto anatroccolo che poi diventa cigno, secondo te perché mamma e papà te la raccontano sempre?» E lui, serio serio: «Perché il brutto anatroccolo è un cigno bellissimo, solo che prima non lo sapeva. Ma poi trova la mamma che gli vuole tanto tanto bene, come la nostra».

– Perché ora mi sta raccontando questo episodio? È la prima volta che mi parla in questo modo di suo fratello.

– Perché, da un lato, mi sento in colpa verso di lui, ma dall'altro sono anche arrabbiata. Nemmeno Giacomo, in fondo, mi può capire.

– Suo fratello come ha reagito?

– In realtà, dopo che gli ho spiegato che io non c'ero mai stata, nella pancia di mamma, che papà e mamma mi avevano adottato, lui è corso a chiudersi in camera. E quando sono andata a vedere cosa stesse facendo l'ho trovato in lacrime. Mi è venuto incontro e mi ha abbracciato con tutta la forza che aveva, che poi di forza non ne aveva mica tanta, era ancora

cosí piccolo. E poi, sempre in lacrime, mi ha detto: «Tu sei sempre la mia sorellina, non cambia niente, vero?»
– Invece?
– Tra di noi non è cambiato assolutamente nulla. Anzi. Perché è vero che ero la sua sorellina. Che c'entrava lui con questa storia? Mica era colpa sua!

Cristiana mi aveva detto di aspettare. Mi aveva detto che era meglio guardarle insieme, le trascrizioni delle tue sedute con il dottor Graziano, era materiale delicato, era quello di cui avevi deciso di parlare solo con il tuo analista, forse non era nemmeno giusto leggere, forse tu non avresti voluto.

Ma io mi ero incaponita ed ero andata direttamente alla trascrizione della seduta del 19 ottobre 2010 che nominavi nei tuoi appunti.

Mi ero incaponita. Nonostante l'ansia, un'oppressione – che diritto ho? Qual è la cosa giusta da fare?

Mi sono fermata un istante. Mi sono accesa una sigaretta e ho sistemato in cucina – non capisco proprio cosa ci sia di complicato a sciacquare una tazza e rimetterla nella credenza invece di lasciarla lí nel lavabo, che il tè le macchia, le tazze, non so nemmeno piú quante volte l'ho detto a Giacomo.

Poi, sentendo che i battiti cardiaci erano di nuovo regolari, sono tornata nel salone e ho ricominciato a leggere.

– Almeno inconsciamente lei dà la colpa a suo fratello. Altrimenti oggi non ne parlerebbe qui con me.
– Non a lui. In realtà non lo so. Mamma e papà, però, avrebbero dovuto parlarmene prima. Perché aspettare tanto? E se mamma non fosse stata incinta, quando me l'avrebbe detto? Me l'avrebbe detto?
– Quindi è arrabbiata piú con i suoi che con Giacomo.

– Sí. Non ce la faccio a non pensare che avrebbero dovuto dirmelo subito. Era la mia storia. Come si fa a vivere nel segreto e nelle bugie? Perché di fatto mi mentivano, è d'accordo anche lei, dottore? Mi mentivano, era tutto finto. Ma se tutto è finto dall'inizio, di chi ci si può fidare?

– Capisco quello che sente, ma cerchiamo di contestualizzare. All'epoca i genitori non ne parlavano. L'idea predominante era che l'interesse del minore fosse quello di integrarsi nella famiglia adottiva, ecco perché si secretava qualsiasi informazione riguardo ai genitori biologici. Una serenità fondata proprio sul segreto. Solo dopo, l'impostazione è cambiata e si è riconosciuta la necessità di dire ai figli che erano stati adottati. Quando sua madre gliene ha parlato, era in anticipo sui tempi. Quindi è stata coraggiosa. È stata brava.

Lyndon B. Johnson diventò il trentaseiesimo presidente degli Stati Uniti all'improvviso, nel 1963, subito dopo l'uccisione di Kennedy a Dallas. Andrea ti aveva raccontato la sua storia quando eri ancora una bambina, spiegandoti che gli anni Sessanta, negli Usa, erano stati gli anni gloriosi delle battaglie per i diritti civili, ma anche gli anni terribili della guerra in Vietnam. «Il problema non è fare la cosa giusta, – aveva detto citando Johnson. – È sapere quale sia la cosa giusta». Per tuo padre, era questa la lezione piú importante che ci veniva da quel periodo: la difficoltà che incontriamo quando si tratta di discernere tra giusto e sbagliato. «Il resto sono dettagli, – aveva concluso. – È facile agire giustamente quando si sa cosa è giusto e cosa no».

Ci ripenso leggendo i tuoi appunti. Il tuo psichiatra mi considerava brava e coraggiosa, anche se non era cosí, non ero stata brava, ti avevo parlato solo quando non era piú possibile tacere, lo avevo fatto controvoglia e dicendo lo stretto necessario, sollevata dal fatto che non ponessi troppe domande, ero stata vigliacca, lo avevo fatto obbligata da-

gli eventi, la gravidanza imprevista, l'albero genealogico a
scuola, lo avevo fatto senza sapere cosa fosse giusto e cosa
fosse sbagliato, scegliendo forse la cosa giusta, ma senza alcun coraggio, sperando che non cambiasse nulla tra di noi.
Ero io tua madre. Punto e basta.

– Sarebbe stata brava se mi avesse aiutato realmente a capire
che cosa significa essere adottati. Me ne ha parlato quando era
incinta. Aveva pianto. Io non avevo detto quasi nulla, perché
non mi è mai piaciuto vederla piangere.
– E poi? Ne avete riparlato?
– Probabilmente sí, ma non ricordo. A un certo punto era
una cosa che si sapeva, il fatto che io ero stata adottata, una cosa che davamo per scontata evitando di menzionarla, per quanto possibile. Era scomoda. Chissà se mamma si è mai chiesta
perché avevo sempre tanta paura quando si allontanava e mi
lasciava sola? A scuola, passavo cinque ore terrorizzata all'idea
che dimenticasse di venire a prendermi.
– È mai successo?
– No. Ma una parte di me era convinta che prima o poi mi
avrebbe mollato lí. Se è accaduto una volta, può accadere di
nuovo, no? Intendo l'abbandono. Anche se in quegli anni non
ero capace di identificare esattamente quello che provavo.
– Dunque ora accusa sua madre di non aver capito quello
che lei stessa non capiva.
– Il problema è che non sono sicura che mamma ci abbia mai
davvero provato. Non faceva altro che ripetermi che ero la cosa
piú importante che avesse, che ero la sua pulcina. Ancora oggi
continua a chiamarmi cosí. È come se avesse voluto «ripararmi»
senza capire che non poteva essere lei a riparare la mia storia.
– Cosa avrebbe dovuto fare, invece?
– Forse avrebbe dovuto pensare a riparare la sua, di storia,
il rapporto che ha sempre avuto con la nonna. E avere meno
reticenze ad affrontare il tema della mia adozione. Se lo avesse fatto, forse mi sarei sentita libera di parlarle di ciò che mi
passava per la testa, le mie fantasie, le mie angosce. Invece
tacevo. Forse intuivo le sue fragilità. Forse avevo paura che si
sentisse in colpa. Ora, però, sono io quella a pezzi.

Dire, fare, baciare, lettera, testamento. La prima volta che ci hai giocato facevi la prima elementare. E non ti era piaciuto per niente. Me lo ricordo bene perché eri tornata a casa col muso, questa storia di pagare pegno scegliendo a occhi chiusi una delle dita della mano di un'amichetta ti faceva schifo – no, tesoro, schifo non si dice, quante volte te lo deve ripetere la mamma?, ma se fa schifo, fa schifo, no?, mi avevi risposto. Mi hanno costretta a suonare il citofono di una signora e poi a scappare via. Non mi sono mai vergognata cosí tanto. Tesoro, al limite si dice che il gioco è sciocco o che non è divertente, avevo continuato senza dare troppo peso al fatto che parlare di «testamento» in un gioco per bambini fosse un'assurdità. E poi, scusa, per quale motivo non ti piace, se piace a tutti?

Mi torna in mente leggendo la trascrizione della seduta con Graziano. Mentre ripenso a mia madre e alla sua attenzione maniacale al «si dice» e «non si dice», «si fa» e «non si fa», «mi piace» e «non mi piace». Mamma voleva che mi piacesse sempre tutto. «Sí, grazie!» E avanti come prima. «Sí, volentieri!» E niente capricci. Qual era in fondo la differenza tra me e lei?

– Fermiamoci un istante su questa storia del riparare. Mi sembra fondamentale. Se, come dice lei, sua mamma non poteva riparare la sua storia e avrebbe dovuto concentrarsi sulla propria, che cosa le rimprovera precisamente?

Il mio rapporto con la nonna, Giada, hai ragione. Quante volte mi hai detto che non era possibile avere un rapporto cosí con la madre, fatto di silenzi e di non detti, di bugie e di cose nascoste. «Parlale, non capisco perché non la prendi a quattr'occhi e non le chiedi di spiegarti che cos'è successo quando sei nata. Parlale, per favore, cosí forse la smetti di buttarmi addosso tutta quest'ansia, non vedi che mi soffochi, non vedi che ormai sono grande e che non puoi starmi sempre col fiato sul collo come quando avevo cinque anni?» mi hai rimproverata il giorno in cui mi raccontavi della sceneggiatura che stavi scrivendo su *Barbablú*. Poi: « Scusa, mamma, non piangere». Poi: «Va bene, ne riparliamo un'altra volta». Poi: «Dài, mammina, non fare cosí, è tutto a posto».

Invece no, Giada, non era a posto niente.

48.

Secondo Cristiana, nella vita, tutto ruota intorno alla perdita. E di perdite, quando avviene un'adozione, ce ne sono tante. Ci sono bambini che, perdendo la madre naturale, perdono un pezzo della propria storia, talvolta ogni certezza. Ci sono genitori biologici che perdono la possibilità di diventare mamme e papà. Ci sono donne e uomini che adottano perché hanno perso la chance di trasmettere a qualcuno i propri geni.

Me lo dice quando le mostro la lettera inviata al Tribunale per i minorenni di Roma in cui chiedevi di avere accesso alle tue origini.

– Giada l'ha inviata il giorno dopo aver compiuto venticinque anni.

Cristiana si alza, prende gli occhiali lasciati sulla scrivania, torna a sedersi in poltrona. Si concentra sulla lettera.

TRIBUNALE PER I MINORENNI DI ROMA
Via dei Bresciani, 32 - 00186

La sottoscritta GIADA LAURENTI
Nata a Roma il 6 gennaio 1986

Premesso che è stata adottata dai coniugi DARIA VELLUTO, nata a Matera il 10 settembre 1958, e ANDREA LAURENTI, nato a Messina il 21 novembre 1951

Che avendo raggiunto l'età di venticinque anni intende accedere alle informazioni che riguardano la sua origine e l'identità dei suoi genitori biologici

Tutto ciò premesso

Chiede
Che il Tribunale per i minorenni di Roma voglia, ai sensi dell'ex
art. 28 L. 184/83 come sostituito ex art. 24 L. 149/2001 e assunte
le necessarie informazioni, autorizzare l'accesso alle notizie richie-
ste e accogliere l'istanza presentata.

Roma, 7 gennaio 2011

– Da un punto vista formale, la domanda è ineccepi-
bile, – dice Cristiana. – Giada deve per forza essere stata aiutata da qualcuno. Si direbbe quasi redatta da un
avvocato.

– Credo che fosse in contatto con un'associazione. Nei
suoi appunti, almeno, parla di un Comitato per il diritto
alla conoscenza delle origini, – le dico sforzandomi di ricordare il nome che a un certo punto ho letto nelle carte.

– Immagino sia l'associazione di Agnese Melillo, è cosí?

– Sí, Agnese Melillo, è proprio cosí! – Non mi aspettavo che Cristiana conoscesse quest'associazione.

– Sono anni che Agnese si batte per il diritto all'accesso alle origini biologiche da parte dei figli adottivi. È tra
le fondatrici dell'associazione. Lei stessa è figlia adottiva.

– Scusa, ma come fai a conoscerla?

– È stata lei a entrare in contatto con me. Avevo pub-
blicato un articolo sul trauma della separazione prendendo spunto, oltre che dalla mia attività clinica, anche dagli
scritti di Betty J. Lifton sul mondo parallelo che costrui-
scono alcuni bambini adottati.

– Cioè?

– Non è raro che una persona adottata idealizzi la vita
che avrebbe potuto vivere con i genitori biologici se non
fosse stata adottata.

– Ma non ha alcun senso! – la interrompo. – Sono stati adottati solo perché abbandonati dai genitori biologici.
Che c'è da idealizzare?

– Il problema, qui, è lo sradicamento, – continua Cristiana, spiegandomi che, quando vengono recise le nostre radici, rischiamo di essere inghiottiti dal vuoto.

– Scusa, Cristiana, ma mica siamo delle piante, – ribatto.

– La nostra storia non comincia con i ricordi? Non sono quelli a renderci le persone che siamo?

– I ricordi sono fondamentali, certo, – scandisce ogni singola parola. – Ma c'è anche tutto quello che ci è stato trasmesso inconsciamente, i desideri e le paure della donna che ci ha portato in grembo. È normale interrogarsi su cosa possa mai avere spinto o costretto nostra madre a non tenerci con sé.

D'un tratto ripenso al giorno in cui eri tornata nel tuo liceo invitata dal preside a parlare con i ragazzi dell'ultimo anno – avevi detto che la mia presenza ti avrebbe imbarazzato, ma ti pare che non venivo, Giada? Ero così eccitata e fiera che, una volta arrivata nell'aula magna ed essermi piazzata in prima fila, riuscivo a mala pena a restare seduta. Quella mattina spiegavi che il tempo cinematografico non è mai lineare, lo si allunga facendo uso del sonoro, lo si accorcia ricorrendo agli stacchi. Ogni stacco è un'accelerazione, dicevi, e permette allo spettatore di indovinare che cosa sia successo tra una scena e l'altra. È così che procedevi nelle tue ricerche, Giada? «Stacco». E tu a indovinare che cosa fosse successo tra quando eri nella pancia di tua madre e il momento in cui ti aveva abbandonato. «Stacco». E tu a domandarti: mi ha preso in braccio appena nata? mi ha allattato almeno una volta?

– Forse si dovrebbe ripensare il modo in cui vengono redatti i documenti di identità, – dice Cristiana. – Forse sarebbe il caso di smetterla con le falsità e precisare che, dopo essere *nati da*, si è poi stati *adottati da*, farla finita con l'ossessione del conformismo, *sei come tutti gli altri*, *siamo come tutti gli altri*, e riconoscere la ferita che si portano dentro i bambini adottati. È una ferita che si può al massimo cicatrizzare, ma che certo non guarisce.

Nominare la perdita per darle un senso.

E solo a quel punto, poi, ricominciare da capo.

49

– Mi sarebbe bastato un foglietto, mezzo foglio di quaderno, pure senza firma. Se non voleva essere rintracciata, poteva almeno farmi sapere perché mi aveva abbandonato. Come si è permessa?

– Di chi sta parlando, Giada?

– Ieri sono passata dal Tribunale per i minorenni. La mia istanza è stata respinta: non posso avere accesso alle informazioni riguardanti le mie origini. Mia madre mi ha partorito senza dare il consenso a essere nominata. Fine della storia. Sapesse che rabbia provo.

Oddio, penso leggendo la trascrizione della seduta con il dottor Graziano del 12 maggio 2011. Deve essere stato terribile per te, tesoro. È meglio che vada a cercare Andrea e Giacomo, prima di andare avanti, anche loro devono essere tenuti al corrente di questa vicenda.

– Quali sono le motivazioni del rifiuto da parte del tribunale, Daria? – chiede Andrea sedendosi sul divano accanto a me.

Eri distrutta e nessuno di noi si è accorto di nulla, com'è possibile?

Giacomo prende una sedia. – Guardiamo cosa dice il giudice, papà. Immagino che Giada abbia conservato anche quel documento.

Apro la busta di plastica con l'etichetta azzurra «Adozione», trovo una pagina dattiloscritta piena di postille e appunti. Salto le premesse, mi soffermo sulle conclusioni:

> È precluso all'adottato maggiorenne l'accesso alle informazioni riguardanti l'identità dei genitori biologici, qualora il medesimo non sia stato riconosciuto alla nascita dalla madre naturale, e qualora anche uno solo dei genitori biologici abbia prestato il proprio consenso all'adozione a condizione di rimanere anonimo. L'istanza, pertanto, deve essere <u>respinta</u>. [...] Letto l'art. 28 L. 184/83, il Tribunale per i minorenni di Roma <u>rigetta l'istanza</u> presentata da Giada Laurenti.

– Cos'ha annotato Giada al margine? – Andrea indica il «Nota bene» vicino alla definizione del termine «respingere» presa dal vocabolario: tutto in stampatello, quello accurato e preciso che hai sempre avuto, nonostante in questo caso il tratto della penna sia piú nervoso.
– Ha scritto che non ha senso «*ricacciare indietro* chi già è stato *allontanato da sé: rifiutato*, abbandonato». Ha scritto: «Non c'è niente da vedere, niente da sapere, zero, *nada*!» – dice Giacomo, e aggiunge che hai ragione, non si può rispondere in questo modo a chi cerca solo di capire da dove viene, non ha alcun senso.
– Immagino che le osservazioni di Giada sul verbo «rigettare» siano dello stesso tenore –. Tuo padre prende in mano il documento e legge la definizione:

> *Rigettare*, v. tr.: **1.** gettare fuori, indietro: *le onde hanno rigettato a riva due corpi senza vita* | rifiutare, respingere: *rigettare un invito, un'idea; rigettare una domanda, un ricorso;* **2.** (fam.) vomitare: *rigettare il pranzo; mi viene da rigettare;* **3.** gettare di nuovo: *rigettare le reti;* **4.** (fisiol., med.) reagire nei confronti di cellule trapiantate da un individuo geneticamente diverso, formando anticorpi che impediscono la sopravvivenza delle cellule stesse.

Hai scritto: «Perché trattare una persona come se fosse semplice vomito? una lettera che si rispedisce al mittente – ovvio, no? ancora non l'hai capito?»

Hai scritto: «È lei che mi ha gettato; e ora è il tribunale che mi getta di nuovo – azione univoca e reiterativa; univoca e violenta».

– Una madre ha il diritto di rifiutare un figlio e il figlio non può nemmeno sapere perché lo ha fatto: non trovate anche voi che sia pazzesco? – sbotta Giacomo.

Tuo padre si prende la testa fra le mani.

– Sí, tesoro, è ingiusto. Soprattutto perché lo dice Giada stessa nei suoi appunti, il rigetto dell'istanza da parte del tribunale fa eco all'abbandono della madre, al primo rifiuto. Vediamo come reagisce il dottor Graziano. Daria, per favore, leggi ad alta voce la trascrizione della seduta?

Annuisco.

– Lei ha fatto quello che poteva, Giada. La norma dice questo, vale per tutti coloro che sono nella sua situazione. Non può farci nulla.

– E allora? Secondo lei sapere che anche gli altri sono disperati mi aiuta? E poi che razza di norma è questa? Solo le madri hanno diritti? I figli no? Guardi qui come risponde il giudice [frugo nella borsa, cerco la lettera, gli chiedo di leggerla]. Ha senso per lei?

– Andiamo con ordine, Giada. Quando ho detto che è la norma e che vale per tutti coloro che sono nella sua situazione, volevo dire che non è un'ingiustizia che sta subendo solo lei. E siccome lei ha la tendenza a prendere tutto come un'offesa personale...

– Mi sta dicendo che sono paranoica?

– Giada, si calmi. Mi lasci almeno finire il ragionamento [solito tono metallico e pacato che ha quando pensa che stia straparlando e vuole farmi tornare alla ragione]. Non le sto dicendo che è paranoica, però sapere di essere nelle stesse condizioni di tutti quelli nati da madri che non hanno consentito a essere nominate dovrebbe aiutarla a relativizzare, io credo. Comunque...

– Scusi, ma relativizzare cosa? Mia madre non si è nemmeno posta il problema di sapere come avrei reagito se avessi scoperto che lei è protetta dall'anonimato. Come posso relativizzare di non avere alcun diritto e di potermene andare tranquillamente a fare in culo?

– Non si tratta di relativizzare l'accaduto, Giada [tono metallico, ma si sente che è teso anche lui]. Si tratta solo di provare a contenere la rabbia e il dolore.

– E come cazzo faccio a contenere la rabbia e il dolore, secondo lei? Le sembra giusta, questa legge?

– Va bene, parliamo della legge, allora. Però mi faccia un favore, Giada, basta con questo modo di parlare, è violento, violento per me e violento per lei [borbotto qualcosa, dalla registrazione non si capisce]. Lei lo sa come è venuta fuori questa storia del parto anonimo?

– Non mi interessa [riascoltando la cassetta, mi faccio pena da sola].

– Invece dovrebbe. Perché è grazie a questa legge, forse, che lei è nata. Dare alle donne la possibilità di partorire anonimamente è stato un modo per evitare che alcune abortissero o abbandonassero i figli nel cassonetto, o peggio ancora... Cerchi di vedere le cose in un altro modo, di pensare al fatto che sua madre ha deciso di affidarla alle istituzioni affinché lei potesse al piú presto avere una famiglia. Essere genitore implica una dimensione che supera la biologia e presuppone una precisa intenzionalità.

– Sí, vabbe'. Okay. Sono le stronzate che si leggono in giro. Ma lei no! Per favore, lei no! Si rende conto di quello che sta dicendo? Io non ho chiesto niente. Non sono stata mica io a insistere per nascere. Magari non fossi mai nata! Questa vita non la volevo. Non la voglio, questa vita maledetta.

– Nessuno chiede mai di nascere. Lei è nata, e sua madre l'ha affidata alle istituzioni. Magari non era in grado di occuparsi di lei e lo sapeva, era terrorizzata all'idea di essere una

cattiva madre o di poter riprodurre con lei una violenza subi-
ta da bambina, magari era angosciata da pulsioni di morte. In
fondo, questo gesto potrebbe essere visto come un atto d'a-
more da parte sua.
   – Sta scherzando, vero?

Sta scherzando, vero?, lo penso anch'io. Quest'uomo
lo sa, cos'è l'amore? L'ha mai vissuto? oppure solo perché ha letto qualche libro pensa di aver capito tutto? Chi
ti aveva consigliato di andare da lui, Giada? È proprio un
cialtrone, questo Graziano, un idiota. Perché non sei andata da Cristiana, tesoro? Lo sapevi che era psicoterapeuta. L'avevi incontrata quella sera alla cena con i colleghi
di papà, avevate pure chiacchierato a lungo. Perché non
sei andata da lei?
   – Questo Graziano è un idiota, – dice tuo padre. – Inutile stupirsi poi che quel venerdí non abbia capito niente.
Non ha mai capito nulla di Giada.
   – Riprendi a leggere, mamma, – mi esorta Giacomo.
– Vediamo cosa succede.

   – Sta scherzando, vero? No, perché altrimenti mi alzo e me ne
vado. Come fa a parlare di amore quando quella non ha nemmeno avuto il coraggio di lasciare un biglietto? Anche solo: «Ciao,
scusa se ti butto via, ma ho sedici anni e mi voglio ancora diver-
tire». Oppure: «Ti butto via perché sono sposata e ho già una famiglia». Oppure, non so, «Sono stata violentata», «Ero ubriaca
fradicia e non sapevo quello che facevo». Qualunque cosa. Ma
qualcosa, cazzo!
   – Lei che ne sa di come sua madre ha vissuto quel gesto?
Perché si permette di giudicarla? È certa di sapere cosa avrebbe fatto lei stessa se a quindici o sedici anni si fosse ritrovata
incinta? Lo sa che alcune di queste donne vivono per tutta la
vita col senso di colpa?
   – Loro potevano scegliere. Io no. Io non ho scelto nulla. Tutto è stato deciso alle mie spalle. E continua a essere deciso alle

mie spalle senza che possa fare niente per cambiare le cose. È meglio se la finiamo qui. Lei non vuole capire quello che cerco di dirle. Non mi ascolta nemmeno.

Non ti ascoltava, Giada, non ti ascoltava proprio, hai ragione. Ripenso a quello che mi ha spiegato Cristiana l'altro giorno: anche se la sola risposta è il silenzio, non c'è parola senza ascolto. Il primo a suggerirlo è stato Jacques Lacan, un grande psicanalista francese, mi ha detto. Per Lacan, l'inconscio stesso è strutturato come un linguaggio. Un analista non opera mai sul corpo del paziente, è raro persino che, durante una cura, faccia ricorso ai farmaci. Un analista opera attraverso il linguaggio. L'analisi è conversazione. È parola. Cosí dice Cristiana.

«Ma che vuol dire che non c'è parola senza ascolto anche se l'ascolto resta silenzioso?»

«Ascoltare veramente significa ascoltare tutto, – mi ha risposto. – Al di là delle domande. Anche quando non si riesce a capire quello che ci viene detto. Il mio lavoro, in fondo, consiste in questo. Solo cosí le parole di un paziente cominciano a risuonare vere. Pensa che in ebraico il verbo "parlare" ha la stessa radice del termine "deserto". Come se la parola scaturisse dal deserto, dal silenzio. Niente parola senza silenzio. Niente parola senza ascolto».

«Ma tu ci riesci sempre?»

«Non sempre, Daria. Non è facile, – ha ammesso. – Proprio come non è facile tenere testa alla sofferenza di un paziente senza lasciarsene travolgere. È una questione di giusta distanza, solo cosí si può rispettare la radicale, e talvolta indicibile, singolarità di ognuno».

«Tutto il contrario di Graziano, insomma».

«Sembrerebbe, – ha concluso cauta Cristiana. – È difficile, però, giudicare dall'esterno».

È caduto il silenzio.

Mi sono sentita esausta.

«A proposito di ascolto e di parole, Daria, – mi ha chiesto all'improvviso, – hai poi parlato con tua madre?»

50.

Sono in pullman da appena un'ora e già ho bisogno di un bagno. Sí, Giada, ci sono andata subito prima di salire sull'autobus, ma sono tesa, e tu lo sai che quando sono tesa, anche se bevo poco, è un continuo – che poi, a una certa età, fa male non bere, ci si disidrata facilmente, aumenta il rischio di calcoli renali, il cervello funziona al rallentatore.

In ogni caso non è l'acqua, tesoro, è lo stress. Sto andando dalla nonna, e questa volta devo proprio riuscire a parlarle – dopo l'ultima litigata su tuo fratello, ci siamo sentite solo al telefono, mai piú di cinque minuti, sí, mamma, Giacomo ha passato l'esame, grazie, no, per ora non posso venire, lui viene, certo, anche quest'estate, è ovvio, cosa ti passa per la testa?

Mancano ancora sei ore prima di arrivare a Matera. Ho tempo per raccogliere le idee e prepararmi. Anche se questo pullman è davvero scomodo, hai ragione tu. Quando viaggiavamo, io, te e Giacomo, protestavi sempre, ma quel benedetto treno che ci hanno promesso ancora non c'è, sai, e l'aereo è persino piú scomodo, atterra a Bari e poi si deve comunque prendere un pullman, tanto vale prenderlo a Roma, almeno cosí, una volta alla stazione di Villa Longo, in cinque minuti siamo a casa della nonna.

Ero tornata a Matera solo dopo il tuo arrivo, Giada, prima non me la sentivo proprio, nessuna voglia di sor-

birmi di nuovo le critiche di mia madre e di sopportare i
suoi sguardi; papà era morto e mi ero trasferita a Roma;
avevo incontrato Andrea e mi ero rasserenata; poi eri arrivata tu e non era stato piú possibile, non potevo non
farti conoscere la nonna. Anche tuo padre era d'accordo, i nonni sono importanti, diceva sempre, peccato che
i miei genitori non ci siano piú, sarebbero stati orgogliosi
della nipotina.

Mancano ancora sei ore prima di arrivare a Matera, e sono già stufa. È da quando siamo partiti che queste due donne dietro di me non la smettono di chiacchierare – sapesse
che situazione c'è in Francia, da non crederci, mio figlio
me l'ha spiegato, sa, ormai vive lí da tanti anni e si è abituato, ma io no, a me pare una follia, pensi che c'è il diritto
del suolo, cos'è?, una pazzia, uno arriva lí e dove poggia il
materasso si ferma, e la residenza qual è?, anche sotto un
albero, ovunque si mettano diventa casa loro.
  Mi tappo le orecchie, ma continuo a sentirle. A un certo
punto scoppio a ridere e loro, imbarazzate, tacciono per
qualche minuto – possibile che l'ultima volta che ho visto
mia madre sia stata il giorno del tuo funerale?

Mancano sei ore prima di arrivare a Matera. Meglio cosí. Devo pensare bene a quello che voglio dire alla nonna.
Devo trovare le parole adatte. Ma come faccio a mostrar-
le la ferita che mi porto dentro? La sensazione di essere
stata anch'io rigettata, sebbene quello che ho vissuto non
c'entri niente con ciò che hai passato tu, Giada.
  Ora perché queste due ricominciano? – sapesse che male
mi fa questo ginocchio!, è stata operata anche lei?, sí, ma
non ho risolto nulla, la protesi non l'aiuta?, al contrario,
da quando me l'hanno messa non riesco nemmeno piú a

salire le scale, cos'ha esattamente?, è come se ci fosse un chiodo conficcato dentro.

Arrivata davanti al portone di casa, mi blocco.

Fisso il citofono, e ripenso a quando la nonna veniva a prendermi all'asilo, senza nemmeno avvertire mia madre. Ripenso ai pomeriggi in cui si ricevevano le amiche – il tavolo del salone apparecchiato già verso le tre, i pasticcini avvolti nella carta con le margherite e il fiocco argentato – e io ero spedita di nuovo dalla nonna; ripenso all'ultimo giorno di scuola prima delle vacanze estive – è giugno, i bimbi corrono per strada bagnati di sudore, adesso basta, Daria, è l'ora di rientrare, e poi guardati, sei tutta sporca, quante volte te lo devo ripetere di non buttarti per terra?

Ho il magone. Cioè, non è proprio magone, è paura. Ecco, sí, ho paura. Di non essere capace di farmi ascoltare. Di irrigidirmi. Ho paura di non ottenere nulla.

Adesso però suono, Giada, promesso.

Conto fino a tre, e lo faccio. Uno, due, tre…

– Chi è?

– Mamma, sono io.

Silenzio. Poi, come da lontano: – Daria, che ci fai qui?

Il salone è identico, è come se il tempo in questa casa non passasse. Il pianoforte appoggiato al muro con sopra i candelabri d'argento. Nell'angolo, in fondo a destra, la consolle della bisnonna. A terra il tappeto che aveva portato mio padre dal Marocco – troppi viaggi, è il lavoro che lo ha ammazzato, aveva detto mia madre il giorno in cui era morto, poco piú di cinquant'anni, un infarto, poi io ero partita, non potevo continuare a vivere con lei.

– Aspetta, mamma, ti aiuto, – le dico vedendola vacillare. Dopo la sorpresa iniziale, mi ha fatto accomodare, è andata a preparare un tè. E adesso mi è davanti, ha in mano un vassoio con la teiera in porcellana di mia nonna e due tazze, vacilla. Ha gli occhi lucidi. Sembra indifesa.

– Sono contenta di vederti, Daria. Mi sei mancata.

Serro i pugni. Deglutisco.

– Ti devo parlare, mamma.

Mi alzo e mi avvicino al pianoforte: – Chi lo suona? – Poi, senza aspettare la risposta, tanto lo so che non lo suona piú nessuno, era della nonna, era lei a suonare, passavo ore e ore ad ascoltarla quando ero bambina, mi faccio forza: – Perché non ha mai funzionato tra di noi, mamma?

– Cosa, Daria?

Sento caldo alle guance, ho la bocca impastata, ho paura.

– Mamma, ti prego, ascoltami. Dimmi la verità. Se non vuoi farlo per me, fallo almeno per Giada, non sai quante volte mi ha chiesto di parlarti, e io non ci sono mai riuscita. Lei si arrabbiava, provaci almeno una volta, mi diceva, possibile che tu non riesca a trovare le parole giuste? Quali sono, mamma, le parole giuste? Cosa devo dirti per farmi ascoltare? Che c'è di sbagliato in me? Cos'è che non hai mai sopportato di tua figlia?

Gli occhi mi si riempiono di lacrime. La nonna si alza e viene a stringermi fra le braccia. Le appoggio la testa sul petto e sento il suo cuore battere. Piange anche lei, vibra per i singhiozzi. Mi accarezza la testa e piange. Mi bacia la mano e piange.

– Non c'è nulla di sbagliato in te, Daria. Nulla. È la vita che è sbagliata, – sussurra. Poi finalmente mi parla.

Quando sono nata io, ha perso un figlio, mio fratello gemello, il maschietto che voleva il nonno, sarebbe diventato ingegnere, l'ingegner Luigi Velluto, nato a Matera il 10 settembre 1958, e invece niente, è nato morto – che poi è nato morto o è morto subito dopo essere nato? Vi muovevate, sai, vi sentivo dentro, oppure eri solo tu a muoverti, non lo so, non l'ho mai saputo. Io invece sono nata viva, una femminuccia, i miei non avevano ancora scelto il nome, Daria, ha proposto la nonna, il nome della mamma di mia mamma, ha detto, mentre mia madre taceva, chiusa a chiave nel lutto di Luigi, come avrebbe detto a mio padre che il maschio era nato morto? Come avrebbe reagito lui?

– Anche allora era in viaggio, sai, e quando è tornato si è presentato con una collana di perle, bianche con i riflessi argento: questa, Daria, sí, sempre la stessa, la porto anche oggi, volevi sapere perché mi arrabbiavo quando toccavi le perle? Ora lo sai, Daria, ora sai tutto.

La vita è ingiusta e non fa sconti a nessuno. Nessuno può mai ricominciare da capo. Ma ascoltando le parole di mia madre per un momento sento scendere, inattesa, una piccola pace.

– La settimana scorsa sono stata a Napoli. Agnese mi ha detto che era inevitabile che il tribunale rigettasse l'istanza. Pare che, dopo l'ultima sentenza della Corte di Cassazione, si sia di nuovo bloccato tutto. Nessuno sembra rendersi conto che, dove c'è segreto, c'è per forza vergogna.

È la seduta con Graziano del 18 maggio 2011, la settimana dopo che il Tribunale per i minorenni di Roma ha rigettato la tua domanda di accesso alle origini. Pure quella sera sei andata a Napoli, e prima o poi dovrò farci un salto anch'io, voglio chiedere a Cristiana il numero di telefono di Agnese Melillo.
Ma perché parli di vergogna, Giada?

– Vergogna di chi? Per cosa?
– Quest'ostinazione a negare la possibilità di avere accesso alle proprie origini è chiaramente il frutto di una cultura della vergogna. Agnese me lo ha spiegato bene. Il retaggio di un passato oscurantista che colpevolizzava le donne. Avevano generato un figlio al di fuori del matrimonio e dovevano abbandonarlo per lavarsi da quest'onta. Mi chiedo come si faccia a formare una nuova famiglia fondandola sul segreto. Perché il segreto riguarda tutti, non solo i figli abbandonati, ma anche gli altri, quelli avuti prima o dopo: avrebbero il diritto di conoscere la storia della madre, e non solo un pezzo, quello migliore, quello socialmente rispettabile e accettabile.
– Restiamo sul segreto che la riguarda. È inutile interrogarsi su come queste donne riescano a gestire il proprio segreto.

– Si sbaglia. Sono proprio i pregiudizi sulle donne che partoriscono in modo anonimo a far sí che il nostro Paese resista a ogni cambiamento e non si muova. Mi ha detto Agnese che in Francia ormai tutti possono accedere alle informazioni sulle proprie origini. Una procedura garantisce la massima discrezione. Quando un figlio cerca di ritrovare sua madre, si contatta la donna per chiederle se intende fare un passo indietro e revocare l'anonimato. Agnese mi ha detto che è questa la direzione in cui si deve andare. È l'unico modo per mettere fine all'ingiustizia.

Ripenso alla sceneggiatura ispirata a *Barbablú* di cui mi avevi parlato quel pomeriggio prima di andare a Napoli e al bisogno di svelare a qualunque costo i segreti che avvelenano l'esistenza.

Ripenso all'incubo che mi avevi raccontato una notte, eri ancora una bambina e ti eri svegliata urlando, in un bagno di sudore: apro una porta e arrivo in una stanza buia, dicevi, poi mi rendo conto che in fondo c'è un'altra porta, allora la raggiungo e la apro, poi però ne trovo un'altra, e un'altra ancora, e via di seguito, finché non arrivo di fronte a un muro invalicabile e mi paralizzo – è lí che finiscono i ricordi, mamma? e prima? che cosa c'è prima dei ricordi?

Ripenso a quando eri tornata dal campo estivo e mi avevi detto che è necessario per chiunque partire alla scoperta di sé stessi e delle radici del proprio essere – ci si incammina per i sentieri di un continente dove la logica e il buon senso non servono piú, mamma, e quando si cercano le parole giuste per spiegare cosa ci tenga in piedi, il pensiero balbetta e perde il filo.

Ripenso alle parole di Cristiana l'ultima volta che ci siamo viste: lo so, Daria, i segnali c'erano, ma è difficile vederli: se siamo direttamente coinvolti, siamo tutti sordi e ciechi, non è colpa tua, neanch'io sarei stata capace di

interpretarli in modo corretto, questi segnali, se si fosse
trattato di mia figlia.

– Agnese è ottimista. Mi ha detto che prima o poi qualcosa
si muoverà.
– Davvero?
– L'irrevocabilità dell'anonimato è in conflitto con il diritto
alla conoscenza delle proprie origini, e nella Convenzione sui
diritti del fanciullo è scritto a chiare lettere che la conoscenza
delle proprie origini è un presupposto indefettibile per la pre-
servazione dell'identità di ciascuno.
– Vedo che si è informata molto bene, Giada. Però adesso
si calmi, la trovo agitata.
[segue un silenzio prolungato].
– Giada, e perché ora piange?
[continuo a non dire nulla per quasi cinque minuti, mentre
lui continua a chiedermi che c'è che non va, che cosa succede,
perché piango...]
– Ma lei da che parte sta?

Devo chiedere a Cristiana il numero di telefono di Agnese. Devo incontrarla.

Parte quinta

[...] un amore, qualunque amore, ci rivela nella nostra nudità, miseria, inanità, nulla.

CESARE PAVESE, *Il mestiere di vivere*.

Mi sono fatta dare i recapiti da Cristiana e ho lasciato un messaggio in segreteria. Agnese mi ha richiamato la sera stessa, vieni pure quando vuoi, anche domani, ci diamo del tu, vero?

Arrivata a casa sua – un appartamento al Vomero, sontuoso, un'eredità dei genitori, lui avvocato lei notaio, il mare che brilla all'orizzonte – sono agitata, chissà cosa le hai raccontato di me, Giada.

– Mettiti comoda, Daria, – mi dice Agnese aprendo la porta, – ti raggiungo subito, ho il caffè sul fuoco –. E mi lascia sola nell'ingresso.

All'inizio non so cosa fare. Poi prendo coraggio – arriverà, speriamo, che modi però, io non mi sarei mai comportata cosí – ed entro nel salone. Accanto a un divano ad angolo dalle linee essenziali, c'è una scrivania in mogano; in fondo, appoggiato al muro, un cassettone Ottocento napoletano – ora capisco perché continuavi a dirmi che qualche mobile antico, in una casa moderna, crea uno stile particolare, devi provare, mamma, quando ti decidi a fare un po' di pulizia in casa, pensaci. C'è uno specchio dorato e, appese alle pareti, molte litografie contemporanee. C'è una poltrona di velluto con i braccioli e, sulla sinistra, un tavolino basso pieno di oggetti e ninnoli in argento.

– Sono bomboniere, – dice Agnese raggiungendomi.
– Battesimi e prime comunioni, qui è una tradizione. Le
colleziono, ognuna è un ricordo.

Appoggia sul tavolino un enorme vassoio – smisurato,
penso, ma quant'è grande? – pieno di sfogliatelle – sono
quelle ricce, tipiche nostre, fatte in casa con la pasta sfoglia, mi spiega offrendomele, con l'arancia candita tagliata a cubetti, una goccia di essenza di vaniglia e un pizzico
di cannella in polvere, io ne vado matta.
Ho lo stomaco chiuso, ma non voglio sembrare scortese.
– Ottima, grazie, veramente, – le dico dopo averne buttato giú un pezzo con l'aiuto del caffè. Quando ero piccola
e non avevo fame, buttavo sempre tutto giú con l'acqua.
– Grazie anche per avermi ricevuto subito.

– Non è che, se cerchi le tue origini, non vuoi bene a
tua madre, – dice Agnese dopo aver finito una sfogliatel-
la e averne afferrata subito un'altra. – Non è vero che si
vuol conoscere la madre biologica perché non si va d'accordo con i genitori adottivi. Il problema è diverso, è la
propria collocazione nel mondo.
Annuisco. Le dico che ho cominciato a capirlo anch'io,
anche se continuo a chiedermi dov'è che ho sbagliato, come avrei potuto aiutarti. Lei insiste che non potevo fare
molto, è questo il punto, forse solo parlartene prima, fin
da subito. – Pensa che io l'ho scoperto a diciassette anni,
per caso, litigando con un'amica che sapeva la mia storia.
Assurdo, lei lo sapeva e io no.
– Oddio.
– Sí, è stato uno shock –. Beve il caffè, posa la tazza,
mi guarda. – Un vero shock, anche perché i rapporti con
i miei erano sempre stati ottimi.

– E poi?

– Ne abbiamo parlato, mamma e papà mi hanno spiegato che avevano paura di perdermi. All'epoca non si era preparati, nessuno sapeva come comportarsi.

– Ma tu cos'hai provato, Agnese?

– È difficile da raccontare... È come se la mia identità fosse andata in frantumi. Poi la sensazione come di un vuoto, un puzzle cui manca un pezzo.

– Anche tu con questa storia del puzzle!

– In che senso? – aggrotta le sopracciglia.

Le racconto come ti infuriavi quando Giacomo perdeva un tassello.

– Se preferisci possiamo cambiare immagine. Pensa a un libro cui siano state strappate le prime pagine, come si fa poi a capire la storia?

– Ma la vita non è mica un romanzo. Nessuno conosce fino in fondo la propria. Non pensi che ci sia sempre qualche pagina strappata per tutti?

Agnese deve essere alla sua decima sigaretta. È piú di un'ora che parliamo e, non appena ne finisce una, ne accende un'altra. Si scusa: – Fumo tanto, lo so, – e tossisce, una tosse grassa, cavernosa: – È cronica, ma che ci vuoi fare? Ormai sono piú di trent'anni, – dice prima di alzarsi per aprire la finestra del soggiorno. – È l'unico modo per buttare giú la rabbia, – si volta, mi fa segno di avvicinarmi. – C'è un balcone, vuoi che ci mettiamo fuori? Giada voleva sempre stare sul balcone. Hai visto che bello da qui il golfo? È il motivo per cui resto al Vomero, anche se ora che i ragazzi sono andati via quest'appartamento è decisamente troppo grande –. Poi, rendendosi conto che in quel momento il mare non mi interessa, torna a sedersi accanto a me. – Nessuno conosce fino in fondo la propria storia, hai ragione. Ma quando sei stato abbandonato è diverso –.

S'incupisce. Si china a raccogliere qualche briciola caduta sul tappeto. Versa altro caffè.

– Perché?

– L'abbandono ti spiazza, Daria. È una perdita irreparabile.

Ci risiamo, penso, di nuovo quest'irreparabile. Anche Cristiana ha detto cosí: quella sensazione di un'assenza continua e irreparabile. Quante volte questa frase mi è tornata in mente, quante volte l'ho ripetuta parola per parola – assenza, continua, irreparabile.

– Tutti viviamo, prima o poi, una forma di abbandono. Niente a che vedere, però, con quello che succede quando tua madre ti lascia in ospedale e decide di non essere nemmeno nominata. Quando c'è uno strappo cosí, la domanda «chi sono?» è lacerante. Ha a che fare con la possibilità di riconoscerti come appartenente a qualcosa, a qualcuno da cui hai avuto origine, appunto.

– Ma l'identità non la costruisci nel rapporto con gli altri? Non è il frutto del legame che hai con chi si è occupato di te quando eri piccolo? – la incalzo. – A cosa serve entrare in contatto con chi si è costruito una nuova vita, pensa a tutt'altro, magari non ha nemmeno voglia di essere disturbato?

– L'identità è sempre relazionale, hai ragione, – mi risponde paziente. – Quando si viene abbondonati, però, la relazione si interrompe in maniera unilaterale. Non è tanto questione di accedere a un nome, o questione di patrimonio genetico. È un problema di senso. Che cosa ha spinto questa donna a farlo? Ecco perché è assurda la battaglia portata avanti da tante associazioni di genitori adottivi.

Ripenso alle carte raccolte nella borsa, ripenso allo stenografico dell'audizione in parlamento di una rappresentante dell'associazione dei genitori adottivi, un docu-

mento su cui c'era scritto «Riservato» e che non ho idea
di come tu ti fossi procurata, Giada.

– Per caso lo hai qui? – mi chiede Agnese.

– No. Non pensavo che potesse essere utile. Però, se
vuoi, faccio una fotocopia e te la mando.

– Se puoi sí, grazie. Quest'associazione di genitori adottivi ci sta creando molti problemi, dobbiamo essere vigili.

– Quali problemi?

– Loro ritengono inutile la ricerca delle origini. Sotto-
valutano l'importanza di una narrazione completa. Perché
sono stata abbandonata? Perché proprio io?

– Quando sei venuta a prendermi era perché volevi una
bambina o perché mi volevi bene?

– Scusa?

– È la prima cosa che mi ha detto Giada quando le ho
raccontato che era stata adottata. Non avevo capito proprio nulla, eh?

– Sai, alcuni di noi hanno un tale bisogno di risposte
che finiscono per inventarsi una storia tutta loro, talvolta delirante. C'è chi non riesce mai a vivere appieno una
storia d'amore perché è terrorizzato all'idea di perdere
la persona amata. C'è chi si attacca subito, e troppo, e fa
scappare chiunque gli si avvicini. C'è chi rifiuta anche solo l'idea di frequentare qualcuno.

– Ma Giada l'aveva, una storia d'amore. Stava con
Paolo da anni, erano inseparabili.

Mi esce cosí, in automatico. Poi ripenso a quello che mi
ha raccontato Paolo della sera in cui avevate litigato e gli
avevi detto di andarsene. Quella sera maledetta dopo la
seduta con il dottor Graziano: si era riaperto tutto, pulcina, di nuovo l'incubo dell'abbandono.

– Sai qual è il giorno peggiore per chi è stato abbandonato alla nascita, Daria?

– Quale?

– Il giorno del compleanno. Quel giorno tutto riemerge, con una lista dolorosa di domande: se lo ricorda anche lei? sta pensando a me? le manco? o mi ha dimenticato?

Sai, Giada, qual è il giorno piú brutto per la mamma? Il giorno del tuo compleanno. Oggi, come era per te, è quello il giorno piú brutto. Peggiore del giorno in cui te ne sei andata – sebbene quel venerdí abbia smesso di vivere anch'io, quel venerdí funesto, il 14 ottobre 2011, ore 23,52, le parole della dottoressa Pianna affilate come una lama, le lacrime sulla camicetta, la voce appannata di tuo padre. Ma il giorno del tuo compleanno è peggiore.

Sai cos'ho fatto l'ultima volta? Avresti compiuto ventisette anni. E la mamma è rimasta a letto tutto il giorno, immobile, senza parlare con nessuno, accanto alla bambola di pezza che ti aveva regalato tuo padre quando avevi compiuto tredici anni, passerà, dicevo alla bambola, domani sarà finito. Poi, d'un tratto, il ricordo di quel compleanno che volevo che festeggiassi con noi, e Paolo, e Alessandra, tutti insieme, felici, tutti tranne te, eri di pessimo umore. E quella frase che ti avevo detto e che adesso tornava, impietosa. «Perché ti vesti come se fossi in lutto?»

53.

– Ciao Agnese, sono Daria.
– Daria carissima, dimmi pure.
Dopo aver riletto con calma lo stenografico dell'audizione in parlamento, ho telefonato ad Agnese. Da quando in Francia i figli nati anonimamente possono avere accesso alle proprie origini, anche in Italia ci si agita e si litiga, associazioni di genitori adottivi contro associazioni di figli adottati, associazioni femministe contro associazioni cattoliche, figli e madri e padri e avvocati e parlamentari e giudici e servizi sociali, tutti parlano di tutto, si deve, non si deve, tutti sanno tutto, ma che cosa sanno esattamente?
– Avevi ragione.
– In che senso?
– Ti leggo un passaggio, sottolineato da Giada, dell'audizione di una figlia adottiva, cosí capisci in che senso: «Per quanto grande e impellente possa essere il mio desiderio di sapere chi sia, ritengo fondamentale che mia madre, la madre biologica, sia tutelata tanto quanto ha tutelato me».
– Sí, vabbe', – mi interrompe Agnese.
– Aspetta, non ho finito, ascolta: «Spero con tutto il cuore che, dopo il percorso doloroso che ha portato alla mia nascita, mia madre abbia avuto la possibilità di crearsi una famiglia felice e serena, come è stato concesso a me proprio da lei, e che con i suoi figli sia stata una madre affettuosa e premurosa come non ha avuto la possibilità di

essere con me. È difficile raggiungere un equilibrio nella vita. Ecco perché nessuno ha il diritto di sconvolgerlo,
nemmeno io». Hai sentito, Agnese? Pronto, ci sei?

– Sí, Daria, ci sono. Scusa, sono senza parole. Noi non
vogliamo sconvolgere nessuno. Se questa donna non vuole
cercare la madre biologica, perfetto. Ma perché impedir-
lo a una come me che non aspetta altro? E poi non è cosí.

– Cioè?

– Sai quante madri biologiche quest'equilibrio non lo
hanno mai raggiunto? Sono tante a contattarci ogni giorno
per sapere se i figli che hanno abbandonato le cercano, vor-
rebbero entrare in contatto con loro. Queste donne sono
strappate dentro. Talmente piene di rimpianti che vorreb-
bero poter tornare indietro. Il mese scorso è successo, sai?

– Successo cosa?

– Un ricongiungimento. Madre e figlio si sono incontra-
ti, lei quasi ottant'anni, lui quasi quaranta. La donna aveva
avuto un'avventura mentre era già sposata e all'epoca era
ancora peggio di adesso, immaginati in un piccolo paese.
Allora si era sentita obbligata a partorire anonimamente,
ma non se l'era mai perdonato, in ogni caso non ne aveva
parlato con nessuno.

– E poi?

– Poi, solo quando il marito è morto, questa donna si
è sentita autorizzata a cercare il figlio abbandonato. Non
dimenticherò mai il momento dell'incontro, in pochi at-
timi si sono raccontati tutto e perdonati qualunque cosa.

54.

Ho fatto come ha detto Agnese, Giada. Ho trovato la forza, e finalmente sono andata a vederli, gli annunci lasciati su Internet come un messaggio in una bottiglia affidata alle onde del mare.

Anna, Francesca, Marco, Antonio, Adriana, Gianpaolo, Nicola, Melissa, Giada. Sí, c'è anche una Giada. Lo so che non sei tu. Questa Giada è nata il 20 marzo del 1989 a Milano. Ma anche lei cerca la sua mamma, pulcina.

Mi chiamo Francesca Sordi (nome famiglia adottiva), sono nata il 22 gennaio 1994 a Taranto, ospedale SS. Annunziata. Cerco la mia madre naturale. Mi sento come un petalo staccato dal fiore. Mamma, aiutami a ricomporre i pezzi (francesca.immagina@gmail.com).

Appena nato sono stato affidato all'istituto Villa Pamphilj di Roma, sono stato battezzato con il nome di Antonio Capanno, all'età di due anni sono stato adottato. Ho passato nove mesi dentro di te, mamma. Dove sei? (toniocapanno@libero.it).

Ti cerco da anni, mamma. Ho bussato a mille porte, ho usato tv e giornali, ma gridare nel silenzio è come non avere voce. Mi chiamo Melissa e sono nata a Trento il 4 settembre 1987. Mamma, esci dall'ombra, sono qui (capuamelissa@gmail.com).

Non la smettevo piú di piangere. Pure tuo padre ha pianto, sai? È strano, lo so. Andrea non piange mai. Ma ieri ha pianto anche lui, Giada. Era lí, in piedi dietro di me, gli occhi incollati allo schermo e pieni di lacrime. Come se la sofferenza che ti portavi dentro si fosse materializzata in quelle parole, e lui avesse avuto pietà.

Sí, Giada, è quel che ha provato. Pietà di fronte a un dolore che non sparisce e si impasta cosí tanto con la rabbia che dopo un po' non li distingui piú. Tranne quando la rabbia si consuma e rimane solo il dolore, che ti si è appiccicato addosso e ti divora.

All'improvviso è diventato tutto chiaro. Anche la tua paura di perdere Paolo, quella perdita annunciata, sebbene la perdita ci fosse già stata, irreparabile, irreversibile – non è irreversibile solo la morte, tesoro, ora lo so – e nessun'altra avrebbe potuto essere cosí straziante.

All'improvviso è diventato tutto chiaro. Anche il vuoto che scandisce oggi le mie giornate. Il vuoto che mi ha inghiottito quel venerdí sera quando te ne sei andata via per sempre. E che da due anni continua ad affacciarsi ogni giorno tra un sorriso e un libro, un tè e un ricordo, sulla metro, a casa, ascoltando il ticchettare dell'orologio o il gorgoglio dell'acqua che bolle, quell'articolo di giornale appena sfogliato, il romanzo della scrittrice americana che mi avevi detto di leggere, pieno di sfumature e triste, come la vita, non fermarti alle prime pagine, mamma, a un certo punto il puzzle si compone da solo.

Ho fatto come ha detto Agnese. E ho pian piano capito quello che Cristiana cerca di spiegarmi ormai da mesi. La vita non ci appartiene, accade. Poco importa, allora, chi ci accoglie, tanto nessuno ha chiesto di nascere e ognuno ha le sue fratture e le sue infelicità. Poco importa che sia una madre soffocante di attenzioni perché è talmente preoccupata di non farci mancare nulla che è sempre lí, sempre presente, sempre in ansia, e allora viene anche a svegliarci di notte pensando che siamo morti e solo quando sente un vagito o un pianto si rassicura. Oppure una madre indifferente, che aspetta che i pianti si plachino da soli perché è troppo stanca per alzarsi dal letto e poi, a un certo punto, la smetterà questa bambina di piangere, no?

La frustrazione e la mancanza si imparano subito. Nessuna madre è perfetta. Nessuna madre è capace. Nessuna madre va bene.

L'importante è accogliere. È questo l'amore. Che non ripara niente, ma accetta. Non basta mai, ma soccorre.

Il mio errore è stato quello di pensare che il mio amore ti avrebbe salvata, esattamente come il tuo arrivo aveva salvato me. Ma nessuno salva nessuno, nemmeno tu potevi salvarmi, dovevo solo fare la pace dentro di me, come te, anche tu dovevi fare la pace dentro.

Abbiamo tutti perso qualcosa o qualcuno, ancora prima di rendercene conto, e di capire l'egoismo di una madre che vuole tenere i figli tutti per sé, pure se non sono per lei, e in quell'essere «per sé stessi» c'è già il lutto dell'assenza.

È questa la vita, Giada, questa mancanza – questo sconforto che poi diventa una slavina, rabbia e paura, dolore cieco. Questo vuoto che l'amore non colma, anche se l'amore è necessario, e senza amore si è morti, prima ancora di morire.

55.

– Quando hai finito di cuocere le bucce delle arance nell'acqua zuccherata, le appoggi su una gratella e fai scolare il liquido in eccesso.

Carla mi ripete per l'ennesima volta come preparare il polpettone alle arance candite e io sono lí, con una mano che regge il telefono e con l'altra che prende appunti, cercando di non perdere il filo. Giacomo ha appena finito gli esami del secondo anno di università, e con tuo padre vogliamo festeggiare. Pensa che, subito dopo l'estate, ne ha dati quattro di seguito, senza bisogno che lo accompagnassi: ha fatto tutto da solo. Non ho ancora capito come si cucina questo benedetto polpettone. Ti ricordi quando con tuo fratello ridevate perché, nonostante la buona volontà che ci mettevo, non veniva mai esattamente come quello di Carla? Questa volta mi impegno. Sono sicura che c'è qualcosa che Carla non mi ha ancora detto. Altrimenti non si spiega perché il mio polpettone sia sempre o troppo dolce o troppo secco o troppo poco saporito.

– Ma quand'è che devo aggiungere alla carne macinata l'uovo e la mollica di pane?

– Subito dopo aver impastato la carne con la pancetta tagliata a pezzetti e il parmigiano grattugiato. La mollica di pane, però, deve essere già stata inumidita con un po' di latte, mi raccomando.

– Questo non me l'avevi mai detto, Carla. Lo sapevo che c'era qualcosa che non andava e che non era colpa mia.

Carla ride. Mi dice che sono una bugiarda, sempre la solita: pasticciona e bugiarda. Questa storia della mollica di pane sono anni che me la ripete. È solo che, quando lei parla, io mi distraggo. Sono attenta e precisa solo se si discute dei colori, dice.

– A proposito, che cosa ha detto Andrea quando ti ha vista col mio foulard Hermès? Gli piace?

Ti ricordi, Giada, quel carré giallo ambra di Carla? Mi dicevi sempre che avrei dovuto comprarmene uno simile, da indossare con l'abito che ti avevo prestato per il matrimonio di Alessandra. Carla me lo ha regalato qualche giorno fa. E quando Andrea è tornato a casa dal dipartimento e me lo ha visto addosso, ha sorriso.

– Molto, sí. La sera mi ha portato a cena in quel ristorante indiano dove andavamo sempre da fidanzati. Pensa che il proprietario ci ha riconosciuti anche se mancavamo da anni. Ma per tornare al polpettone, che devo fare dopo aver impastato la carne con la mollica di pane?

– Devi aggiungere al composto la buccia grattugiata di due arance, il pepe e la noce moscata.

Io le racconto dell'ultima volta in cui sono andata a trovare Agnese a Napoli. Del fermento che c'è in Italia intorno alla questione delle origini.

Carla dice che, dopo il pepe e la noce moscata, è il momento dell'uva passa strizzata messa prima a bagno con un po' d'acqua.

Io le racconto dei messaggi lasciati su Internet e della commozione di Andrea.

Carla dice di mettere il succo delle arance in un tegame di ghisa aggiungendo un tocco di burro. Resta qualche secondo in silenzio, poi ricomincia a parlare: – Quindi, gli occhi annuvolati, questa volta ce li aveva lui.

– Sí, erano proprio annuvolati...

– Lo so che quel giorno mi hai odiato, Daria. Ma volevo solo farti reagire. Un'amica serve anche a questo.

Io le racconto dell'errore che avevo commesso pensando che il mio amore ti avrebbe salvato. Anche se allora era troppo presto per capire. Troppo presto pure per non odiare.

Carla dice che, quando la carne comincia a rosolare, devo aggiungere un bicchiere di brandy e lasciar cuocere per venti minuti.

– Ti va di venire a cena stasera da noi con tuo marito per festeggiare tutti insieme?

– Quando la carne è pronta, la sistemi su un piatto con le arance candite. E poi stasera vediamo cosa sei stata capace di fare. Verso le venti?

56.

Quando Agnese ha chiamato, mi sono precipitata a Napoli. Ha detto che voleva parlarmi, che era importante. Mi sono subito preoccupata. Voleva parlarmi di te? di lei? cos'era successo?

– Prendi un caffè?

Faccio segno di sí, senza zucchero, grazie, anche se non lo voglio, questo caffè: che cosa aspetta Agnese a dirmi che succede?

– Siediti, Daria. Ora te lo dico, non ti preoccupare.

Sono quattro mesi che la conosco e non l'ho mai vista cosí emozionata. Tante volte si era commossa, certo. Quando mi aveva mostrato le foto di suo figlio – aspetta un bimbo, sai, tra qualche mese sarò nonna, ormai mi toccherà andare a trovarlo a Milano, anche se a me quella città non piace proprio – gli occhi le si erano inumiditi e, in un moto di tenerezza, aveva accarezzato qualche immagine. Quando ero andata con lei a visitare i locali dell'associazione, Carola, la segretaria, mi era venuta incontro scossa – Giada era una persona speciale, aveva detto, sí, tua figlia era veramente speciale, aveva ripetuto Agnese, guarda questa foto, Daria, eravamo con Tommaso per festeggiare il suo ricongiungimento e Giada era raggiante, forse anche piú felice di Tommaso: era generosa, tua figlia, sempre aperta e disponibile con tutti, la

voce le si era incrinata. Ma oggi è diverso. Oggi Agnese
è pensierosa. Oggi è tesa, inquieta.
   – Va bene, mi siedo.
   – Ecco…
   – Agnese, per favore, mi vuoi dire che c'è?
   Lo dice tutto d'un fiato: – Si chiama Monica, ha qua-
rantaquattro anni e una figlia di ventuno. È la madre bio-
logica di Giada.
   Mi sento mancare la terra sotto i piedi. La madre? Non
riesco a respirare. Mi alzo di scatto. Una vampata di ca-
lore. La madre di Giada? Non riesco proprio a respirare.
   – Quando si è ritrovata incinta aveva sedici anni e la fa-
miglia l'ha costretta a partorire anonimamente, – racconta
Agnese. Comincio a tremare, non capisco piú nulla. D'un
tratto, dentro è tutto buio.
   – Agnese, ne sei certa? Come fai a esserne certa?
   Un fiume di parole e di domande, ho paura, chi è questa
donna? Che vuole? E se è solo una matta, una mitomane?
Vuole nutrirsi del mio dolore? Vuole distruggermi? Sono
già morta, Agnese, non lo sa questa donna?

   Agnese mi dice che ha aspettato qualche settimana prima di chiamarmi, proprio per essere certa, non poteva ri-
schiare. In troppe occasioni, quando una donna è venuta
a bussare all'associazione sostenendo di essere la madre di
Sonia o di Giuseppe, di Cristina o di Nicola, le è capitato
di illudersi, ma questa volta nessun errore era possibile.
   Mentre Monica parlava però – si era presentata all'associazione dicendo di essere da anni alla ricerca di sua
figlia, una bambina nata a Roma il 6 gennaio del 1986 al
Policlinico Gemelli, trasferita in un Centro di accoglienza per la prima infanzia, sempre a Roma, in viale di Villa Pamphilj, adottata all'età di sei mesi – il cuore aveva

fatto un tuffo. Lo sguardo verde e intenso, gli stessi occhi, oddio quanto assomiglia a Giada, si è detta Agnese, prima di prendere una sedia, far accomodare la donna, chiederle perché si fosse presentata da loro, cosa pensava di ottenere, le informazioni sono riservate, signora, nella nostra associazione ci sono donne e uomini che cercano le proprie origini, ma se sua figlia non vuole conoscerla, non posso fare niente, immagino sappia che i dossier sono confidenziali, i tribunali rigettano sistematicamente le domande di accesso alle origini, cosa le fa pensare che io possa aiutarla?

«C'era l'indirizzo dell'associazione nel messaggio online che ha trovato mia figlia, cioè l'altra mia figlia».

Monica deve aver visto un'ombra attraversare gli occhi di Agnese e si è fermata.

«Vada avanti, vada avanti, la ascolto».

«L'altra mia figlia, Alessia, oggi ha ventun anni e, a differenza di Giada, ho potuto tenerla con me. Giada, sí. È cosí che si chiama mia figlia, Giada Laurenti, è questo il cognome della famiglia adottiva».

«E lei come lo sa?»

Agnese ha cercato di prendere tempo, cauta, diffidente.

Monica ha spiegato che tutte le informazioni erano nell'appello on-line trovato da Alessia – le ho raccontato tutto anni fa, era incinta anche lei, come me a sedici anni, li avevo compiuti da poco quando avevo dato alla luce una bimba firmando le carte per restare anonima, i miei non volevano che la tenessi, dovevo firmare, punto e basta, firma e ce ne andiamo via, sei minorenne, decidiamo noi. «Ormai su Internet si trova tutto, – ha ripetuto. – Ho cercato anch'io. Volevo essere sicura prima di contattarla, stavo per farlo già un anno fa...» Monica si è interrotta di colpo.

«Stava per farlo un anno fa, e…?» ha rilanciato Agnese.

«E ho scoperto che Giada era morta». Di nuovo un lungo silenzio. Di nuovo nulla per quasi un minuto. Mentre Agnese la fissava impassibile. «Un suicidio, pare, almeno è quello che ho capito dai messaggi lasciati su Facebook. Le sue foto, i miei stessi occhi, un viso triste, – la voce si è incrinata e Monica ha cominciato a piangere. Poi, lentamente, ha ripreso a parlare. – Vorrei incontrare la madre adottiva di Giada».

«Perché?» le ha chiesto Agnese.

«Ci ho pensato a lungo. All'inizio credevo che la cosa giusta da fare fosse lasciare in pace questa donna, immagino sia distrutta dal dolore, lo sono io, figuriamoci lei, in fondo era lei la madre, io l'avevo abbandonata. Poi ho pensato che, se non potevo riabbracciare mia figlia, avrei potuto almeno conoscere la donna che l'aveva cresciuta, l'unica cosa che mi restava di lei, la sua storia. Non posso però essere io a contattarla, questo sí che sarebbe ingiusto, non posso farlo da sola, ho bisogno del suo aiuto».

Agnese non ha risposto.

«Secondo lei accetterà di incontrarmi?»

– Vuoi incontrarla? – mi chiede Agnese. Non ci sono sfogliatelle, oggi. C'è solo il caffè, un caffè che non volevo. – Te la senti? – sussurra. – Sei molto pallida, Daria, – dice facendomi una carezza. – Sicura di star bene?

La stanza di tuo fratello è disordinatissima. È difficile camminare senza calpestare un libro, una penna o un maglione. Impossibile. Infatti, appena entro inciampo, devo appoggiarmi al braccio di tuo padre per non cadere – dopo magari metti a posto, Giacomo, lo so che hai un esame, ma proprio per questo, come fai a raccapezzarti? Poi ti lamenti che perdi gli appunti.

– Che succede?

Giacomo non è abituato a vederci arrivare tutti e due, seri, in camera sua.

– Dobbiamo prendere una decisione, – dice Andrea. – Vogliamo sapere che cosa ne pensi tu.

– Con tuo padre abbiamo pensato che è meglio discuterne assieme.

Sposto un pacco di fotocopie, il pigiama appallottolato e le camicie sgualcite, mi siedo sul letto.

– Ma di che si tratta? Giada?

– Sí, tesoro, riguarda tua sorella.

Andrea si muove irrequieto nella stanza, urta contro uno scaffale pieno di libri facendo cadere in terra la guida turistica di Gerusalemme che avevi regalato a Giacomo. La raccoglie. La sfoglia rapidamente. Deglutisce.

– Pare che la madre biologica di Giada voglia incontrarmi, – intervengo.

– Cosa?

Giacomo si volta di scatto verso di me e mi fissa.

– Ma com'è possibile? Da dove è sbucata? Chi è?

– È sua madre, te l'ho detto.

– Come fai a sapere che è lei? – Giacomo si morde le labbra, ha il viso tirato.

– Calmati, Giacomo, – dice tuo padre. – Aspetta che mamma ti spieghi per bene.

– Quando Agnese me l'ha detto, ho reagito come te. Ho pensato che fosse assurdo. Che non fosse lei. E anche se fosse stata lei, come osava immaginare che accettassi di incontrarla? Anche adesso non sono affatto certa che sia una buona idea.

– Infatti non lo è –. Giacomo è arrabbiato. – Che c'entra questa con noi, mamma? È un'estranea. La nostra famiglia è fatta da me, te, papà, la nonna, al limite Paolo e Alessandra. Non c'è spazio per nessun altro.

– Giada, però, cercava proprio questa donna, – dice Andrea.

– Lo so. Ma è colpa sua se Giada stava male, è tutta colpa sua, – insiste Giacomo. – Ce l'ha portata via e adesso vuole pure incontrarci? Che ci deve dire? Merita il nostro odio e basta.

– Anch'io la odio per quello che ha fatto a Giada, e per essere ricomparsa solo ora. Ormai è tardi. Decisamente troppo tardi.

– Giada, però, la cercava, – ripete Andrea. – E poi c'è l'altra figlia. Questa donna nel frattempo ha avuto un'altra bambina.

Tuo padre si sforza di essere conciliante, di farci ragionare, vuole che la decisione sia ponderata, giusta.

– Una sorella?

Giacomo è nel pallone. Mi guarda in cerca di aiuto. – Non ho capito bene, papà. Una sorella? È questo che hai detto?

– Sí, Giacomo, – rispondo: spetta a me spiegarglielo.

Anche se questa donna la detesto. Avrei solo voglia di pren-
derla a schiaffi. Che diritto ha di conoscere la tua storia
adesso che non ci sei piú? – La madre naturale di Giada,
tesoro, ha avuto un'altra figlia, si chiama Alessia. Da un
punto di vista biologico, quindi, Alessia è la sorella di tua
sorella. È per questo che te ne stiamo parlando, Giacomo.
Che facciamo? Tu cosa vuoi che faccia? Vuoi conoscerla?
Alessia, a sua volta, ha avuto una bimba. Si chiama Martina e ha cinque anni. Giada, oggi, sarebbe zia.

Giacomo si accascia sulla sedia. Si prende la testa fra
le mani.

– Comunque non dobbiamo decidere adesso, – dice Andrea appoggiandogli una mano sulla spalla. – Possiamo lasciar passare qualche giorno e riflettere con calma. Perso-
nalmente, penso che Giada desidererebbe quest'incontro –.
Volge lo sguardo verso di me: – Credo anche che conoscere
questa donna potrebbe farti stare meglio, Daria.

– Se mai la incontrerò, sarà solo per Giada. E comunque
non piú di una volta, una volta e basta, poi deve sparire
dalla nostra vita. È escluso che un'estranea si intrometta
nelle nostre cose.

Cade il silenzio.

Giacomo solleva la testa: – Aveva una sorella. Chissà se
le sarebbe piaciuto parlare con una sorella, delle cose da
femmina di cui non parlava con me… – e la voce si incrina.

Di' a Giacomo che lui sa quello che voglio dire.

58

– Non ho mai smesso di pensare a lei.

Ho chiesto ad Andrea di andare da sola all'appuntamento. Volevo capire chi fosse questa donna, proteggere tuo padre e tuo fratello, salvaguardare la nostra famiglia. Era prima di tutto una questione fra me e lei.

– La penso dal giorno in cui l'ho persa, – aggiunge Monica. – È un dolore sordo che mi porto dentro.

– Ormai è troppo tardi, non trova?

– Senz'altro, – risponde abbassando la testa.

La osservo da quando sono arrivata. Ogni dettaglio, ogni gesto, ogni espressione. Ha i capelli castano chiaro semiraccolti, con una fascia in chiffon rosso corallo allacciata sulla nuca, lo stesso rosso corallo del cardigan a maniche corte che appare quando slaccia il cappotto. Ha un girocollo di perle, molto semplice – perle di fiume bianco champagne, a chicco di riso, molto lisce. Ha un orologio in acciaio con la chiusura a farfalla. Niente fede, niente bracciali, niente orecchini. Continua a infilare e sfilare le mani dalle tasche del cardigan, a toccarsi la collana, poi un bottone, poi di nuovo la collana, poi i capelli. Ma perché non sta ferma? Tu l'avresti sopportata una cosí, Giada? E poi quella fascia in testa, quello chiffon rosso corallo, io non ho niente di questo colore, non ti piaceva il rosso, nessuna gradazione, forse solo il bordeaux.

– Che cerca da me?

– Non cerco nulla, volevo solo raccontarle quello che è successo. Avrei voluto raccontarlo a Giada.

Sento pronunciare il tuo nome e mi accascio. Se solo vi foste incontrate. Se solo questa donna fosse arrivata prima. Se solo ci fossi stata tu, al mio posto, oggi, qui, davanti a lei, non era questo che volevi più di ogni altra cosa, Giada? Non era questo che cercavi, e che ti hanno impedito, e che ti ha distrutto?

Monica fa per toccarmi la mano, io la ritraggo, non voglio, chi la conosce? È un'estranea. Non c'entra niente con noi.

Poi penso a tutto quello che hai fatto per conoscerla, alle prime pagine strappate di un libro, ai pezzi di puzzle scomparsi. Vuoi che la mamma l'ascolti, vero? Vuoi sapere che cos'è successo quel giorno.

– Vada avanti, per favore.

– Quand'è nata, non me l'hanno nemmeno fatta abbracciare, l'hanno portata via subito, fasciandomi il petto per evitare la montata del latte.

Gli occhi le si riempiono di lacrime, proprio come succedeva a te, e poi colano, colano, colano, certo che vi assomigliate davvero tanto, ha il tuo stesso sguardo, Giada, velato da una nube di tristezza, la stessa bocca, persino la stessa mania di stringere le labbra. D'improvviso non so più cosa provo. Cioè. Continuo a odiarla. Continuo a volerla prendere a schiaffi. Ma c'è anche altro, qualcosa che non riesco bene a distinguere, come una tenerezza, no, non può essere tenerezza, non mi posso intenerire per questa donna, è colpa sua, solo colpa sua. Odio. Forse. Tenerezza. Anche.

– E poi? – le chiedo. – Cos'è successo poi?

È questa la cosa giusta da fare, tesoro? È questo che avresti fatto tu, vero?

– E poi subito via dal policlinico, via da Roma, nuova vita a Firenze, vita per modo di dire. Mi ero spenta dentro, non sopportavo piú i miei genitori, non vedevo l'ora di diventare maggiorenne e andarmene via da casa, non vedevo l'ora di tornare a Roma e cercare mia figlia.

– Non era sua figlia, era mia, – mi esce cosí, senza che lo abbia deciso.

Monica sospira.

– L'ho cercata disperatamente. Prima al Gemelli, poi ho preso contatto col Tribunale per i minorenni di Roma, sono andata piú volte. Nessuno voleva ricevermi, ha firmato le carte per restare anonima, signora, la bambina sarà stata adottata, non è piú lei la madre, in fondo non lo è mai stata, si metta l'anima in pace. Ma come facevo a mettermi l'anima in pace senza sapere nulla di lei?

Monica si ferma, solleva il bicchiere, lo contempla un istante, beve un sorso d'acqua – dell'acqua liscia temperatura ambiente, grazie, aveva detto al cameriere, è sicura, solo dell'acqua? non vuole anche lei un calice di rosso come la sua amica?, non siamo amiche, è stato piú forte di me, no, grazie, non bevo, di solito nemmeno io, ma oggi è diverso, però ora devo smetterla di essere spigolosa, la smetto veramente.

Monica ricomincia a parlare. – Per anni, con i miei, ho solo litigato. Sono stati loro a costringermi. Non potevo rovinarmi la vita, diceva mio padre, c'era la scuola da finire e l'università, diceva mia madre, avevo tutta la vita davanti, anche se poi l'università non l'ho fatta, mi sono sposata, è nata Alessia. Sempre con quella ferita dentro, senza poterlo dire. Mi vergognavo. Mi vergognavo tanto.

– Avevi sedici anni, – le dico, e un istante dopo mi accorgo di averle dato del tu.

D'un tratto è solo tenerezza.

– Giada era arrivata per caso, – continua Monica. – Ero un'adolescente viziata, scuola privata ai Parioli, magliette della Bad Company e palestra, Ray-Ban e lampada il sabato pomeriggio prima di andare a qualche festa in discoteca, *I Want to Know What Love Is*, Dennis Elliott alla voce e alla batteria, avevo quindici anni e mezzo, e anch'io volevo sapere cosa fosse l'amore. Mio padre pensava che bastasse pagare, si compra tutto nella vita, ma io ero infelice, e Davide uno stronzo. Cosí mi ero ritrovata incinta. Senza aver capito nulla dell'amore. Ancora piú infelice.

Monica è scossa. Si ferma di nuovo. Beve un altro sorso d'acqua. Poi, dopo avermi sorriso, riprende. Sua madre diceva che era stata una stupida, una povera stupida, come hai potuto anche solo immaginare che l'amore fosse quello, l'amore è ben altra roba, Monica, l'amore è pazienza e sopportazione, non penserai mica che con tuo padre le cose siano facili, io mi sacrifico ogni giorno, e perdono, sai quante cose devo perdonare ogni giorno a tuo padre, sai quante cose offro in sacrificio la domenica a messa?

Sua madre era molto cattolica, dice Monica. Quel cattolicesimo un po' bigotto e di facciata, questo si fa, questo invece è peccato, le lascio immaginare la reazione quando si è ritrovata la figlia incinta. Ovviamente l'aborto era escluso, meno male, sa quante ragazzine che venivano a scuola con me avevano abortito? Io non volevo. Non perché fosse peccato, però. La bambina la desideravo, desideravo tanto una cosa tutta mia, solo mia.

Abbozza un sorriso amaro.

Sua madre è morta da tre anni, e prima di morire le ha chiesto scusa. – Strano, non avrei mai pensato che una donna cosí potesse chiedere scusa. Avevo vent'anni quando ho incontrato il padre di Alessia. Mi ero iscritta a Matematica, ma non riuscivo a fare niente, stavo male e non lo capiva nessuno a parte Giovanni. Era un uomo buono, lo è anche oggi. Ha iniziato ad amarmi senza chiedermi nulla. E quando è nata Alessia ho pensato che fosse possibile ricominciare tutto da capo. Anche se certe cose non si può far finta che non siano accadute.

– Ha detto che è stata Alessia a trovare il messaggio di Giada, vero?

Sono di nuovo impaziente, di nuovo scontrosa, voglio solo che mi parli di te, il resto dopo, magari un'altra volta – ma non avevo detto che non l'avrei piú rivista, una volta e basta, solo una volta?

– Sí, – risponde senza lasciarsi scoraggiare dalla mia impazienza. – Le ho raccontato tutto quando è rimasta incinta, a sedici anni anche lei. Ho pensato che fosse un segnale.

– Un segnale di cosa? – le chiedo di nuovo attenta, di nuovo interessata.

Monica risponde che quando si è trovata di fronte alla gravidanza della figlia ha pensato che la storia si stesse riproponendo. Doveva fare qualcosa per interrompere quella catena della ripetizione, confessare ad Alessia la sofferenza che si portava nel cuore. Anche sua figlia ha avuto un'adolescenza difficile, mi dice. Pochi soldi in casa, nessun rapporto con i nonni. – Mi ero rimessa a studiare. Questa volta, Psicologia, mi ero detta che se volevo capire la vita dovevo ripartire da lí. Alessia faceva sempre il contrario di quello che le si diceva, soprattutto se ero io a chiederglielo, come per farmela pagare; è il prezzo del segreto, allora lo intuivo, oggi lo so. Pensi che è stato il tema della mia tesi: i segreti familiari, quelli che non sfuggono ai bambini.

Loro capiscono quando c'è qualcosa di non detto, anche se non sanno con precisione di che si tratta.

I segreti avvelenano l'esistenza, adesso lo so anch'io. Ne ho parlato tante volte con Cristiana.

– E ora? – le dico. – Ora, che facciamo?

Nessuno può immaginare quello che ho dovuto fare per accettare l'idea di vivere senza di te. Talvolta nemmeno io riesco a capire come abbia fatto a continuare a svegliarmi la mattina e vestirmi, a ricominciare a sorridere a tuo fratello e a parlare con tuo padre, ad andare a trovare Cristiana e a conoscere Agnese, e poi Monica, e Alessia, e Martina, la figlia di Alessia. – Basta ora, Martina, la nonna è stanca, tesoro, – mia madre si commuove. – Non si dice schifo, quante volte te lo devo ripetere, – è sempre nonna Amelia, a una certa età non si cambia, ma va bene cosí, in fondo, va bene cosí. A proposito, Giada, lo sai che adesso leggo tantissimo? Tutti i libri che non ho letto prima, anche quelli difficili, che all'inizio c'è bisogno di fare uno sforzo perché non si capisce nulla, e si deve andare avanti, e tornare indietro, e mettere insieme tutti i pezzi – oggi ho finito di leggere il romanzo che avevo cominciato quel venerdí: avevi ragione tu, è bellissimo e triste, proprio come la vita.

In realtà non si guarisce mai dal dolore, pulcina.
Cioè, sí.
In parte.
Cioè.

Talvolta mi sorprendo a sorridere e a guardare qualcosa con dolcezza. E per un istante smetto di respirare perché come si fa a sorridere o provare dolcezza quando tu non ci sei piú e non potrai mai piú farlo?

E allora torno a trascinarmi stanca e a lasciarmi attraversare dalla vita. Poi, accade qualcosa. La voce di tuo fratello che mi raggiunge squillante perché l'esame è andato bene, mamma! Ce l'ho fatta! Giada sarebbe fiera di me! Quand'è che andiamo a trovare Alessia e Martina? Devo dirlo anche a loro, anche Alessia sarà fiera, e ho voglia di vedere la bimba, è identica a Giada, identica veramente, mamma, non pensi anche tu che siano uguali?

La prima volta che l'ho vista è stato uno shock, l'ho chiamata Giada e lei è scoppiata a piangere. Tesoro, non piangere, le ha detto Alessia, va' a dare un bacio a zia Daria, ha detto, va' da lei, Martina.

La tua assenza si stende su ogni cosa, e tu mi manchi da morire – quando ci penso, è sempre la stessa fitta al cuore, lo stesso cielo nero, lo stesso precipizio.

Ma la vita deve continuare. Non è quello che avresti voluto tu?

Nulla potrà mai cancellare quello che c'è stato tra di noi e che abbiamo condiviso, le risate e gli scherzi, le lacrime e le urla, è tutto lí, sempre presente, come nuovo.

A forza di leggerlo e rileggerlo, ormai lo conosco a memoria, il biglietto che hai lasciato quella notte, ho messo in fila i pezzi del puzzle, il disegno è terminato, quasi piú nulla è fuori posto. Ora capisco, pulcina, forse accetto, forse no, ma c'è tutto quest'amore che mi resta, il mio, il tuo, quello di Giacomo e quello di Andrea, quello di Monica, anche, e di Agnese, e di Alessia, e di Carla, e di Cristiana – un amore che non salva nessuno, adesso lo so anch'io, ma c'è, ed è veramente tutto.

Nella memoria ogni cosa è come prima, mi ha detto Cristiana mesi fa, non so piú quanti, ho perso il conto, ora tutto va cosí veloce che non mi accorgo del tempo che passa. Nella memoria ogni cosa è come prima, ha detto. Anzi, forse anche meglio di prima, perché prende una forma nuova. La sofferenza resta per sempre, ma cambia il peso, e si accetta che i ricordi siano solo ricordi, nonostante si senta e si tocchi tutto come fosse reale.

Ha ragione lei. Ormai sono esperta nell'entrare e nell'uscire da questi ricordi. Non è difficile, sai? Devo solo allentare le catene e lasciarmi andare, Giada. Come quando da bambina smontavo e rimontavo i giochi per vedere che cosa ci fosse dentro – per anni me l'ero dimenticato, per anni mi sono rifiutata di pensare alla mia infanzia, per anni ho creduto che avesse ragione mia madre, non serviva a nulla rivangare il passato, cosa fatta capo ha.

Ora è tutto diverso, ora entro nei ricordi e ti aspetto. Entro. E dopo un po' tu arrivi sorridente, come quando eri piccola e prendevi la sediolina rossa dove ti sedevi quando ti raccontavo le fiabe, e mi ascoltavi spalancando gli occhi, attentissima, ti arrabbiavi persino se dimenticavo un dettaglio o cambiavo qualcosa nella storia.

Entro. E dopo un po' tu arrivi, e tutto torna come prima, la tua voce, il tuo sorriso e il tuo odore, quello solo tuo, Giada, quello che la mamma assaporava quando ti prendeva in braccio e ti stringeva a sé, e tu dicevi che stringevo troppo, non ce la facevi nemmeno a respirare.

Entro. Tu arrivi. E sento i battiti del tuo cuore, li conto mentalmente, li annoto su un foglietto – tesoro, scotti,
cos'è questo febbrone improvviso?
Entro. Tu arrivi. L'amore è senza confini.
È per questo che è perfetto.

Nota al testo.

La citazione a p. 7 è tratta da A. Nafisi, *Le cose che non ho detto*, trad. di O. Giumelli, Adelphi, Milano 2009.

La citazione a p. 54 è tratta da T. S. Eliot, *Il canto d'amore di J. Alfred Prufrock*, in *Poesie. 1905/1920*, trad. di M. Bacigalupo, Newton Compton, Roma 2012.

La citazione a p. 55 è tratta da D. Walcott, *Arcipelaghi*, in *Mappa del Nuovo Mondo*, trad. di B. Bianchi, G. Forti, R. Mussapi, Adelphi, Milano 1992.

La citazione a p. 61 è tratta da A. de Saint-Exupéry, *Il Piccolo Principe*, trad. di N. Bompiani Bregoli, Bompiani, Milano 1987.

La citazione a p. 65 è tratta da S. Márai, *La donna giusta*, trad. di L. Sgarioto e K, Sándor, Adelphi, Milano 2009.

La citazione a p. 115 è tratta da V. Lamarque, *I bambini persi*, in *Poesie 1972-2002*, trad. di R. Dedola, Mondadori, Milano 2002.

La citazione a p. 137 è tratta da J. Didion, *Democracy*, trad. di R. Bernascone, edizioni e/o, Roma 2013.

La citazione a p. 143 è tratta da R. Brasillach, *Lettera ad un soldato della classe 40*, trad. di M. Prisco, Caravelle, Roma 1964.

La citazione a p. 144 è tratta da C. Pavese, *La luna e i falò*, Einaudi, Torino 2005.

La citazione a p. 145 è tratta da H. de Balzac, *Teoria del racconto*, in *Poetica del romanzo. Prefazioni e altri scritti teorici*, trad. di D. Schenardi, Sansoni, Milano 2000.

La citazione a p. 151 è tratta da G. D. Roberts, *Shantaram*, trad. di V. Mingiardi, Neri Pozza, Vicenza 2007.

I versi a p. 166 sono tratti da W. Szymborska, *Un racconto iniziato*, in *Gente sul ponte*, trad. di P. Marchesani, Libri Scheiwiller, Milano 2009.

Il lemma a p. 188 è tratto dall'edizione on-line del dizionario della lingua italiana Garzanti (www.garzantilinguistica.it)

La citazione a p. 203 è tratta da C. Pavese, *Il mestiere di vivere. Diario 1935-1950*, Einaudi, Torino 1990.

Indice

Questo libro è stampato su carta certificata FSC®
e con fibre provenienti da altre fonti controllate.

Stampato per conto della Casa editrice Einaudi
presso ELCOGRAF S.p.A. - Stabilimento di Cles (Tn)

C.L. 23201

Edizione								Anno			
2	3	4	5	6	7	8		2017	2018	2019	2020